기록하는 여자들 두번째

딸들의 역사

강수현

이윤정

박새들

안은경

연이

이자영

임봉

정효진

허실

목차

딸들의 역사 당신의 이야기에 눈을 맞추고, 춤을 추겠어요

윤주(빨간집 기록활동가)

문득 눈을 떠보니 무용지물의 오빠를 두고 장녀로 살아가고 있는 내 모습이 보였다. 어깨를 짓누르는 것이 부담감과 외로움이었다는 사실도 당시에는 알지 못했다. 2020년 11월 무렵, 우연히 친구와 카페에서 이야기를 나누게 되었다. 동병상련. 그때의 감정을 뭐라고 설명할까? 꼭꼭 숨겨둔 가족에 대한 미움과 울화를 넘어 가족 안에서의 나의 역할과 채워지지 않는 내 마음의 빈자리를 위로받는 시간이었다. 어쩌면 처음이었다. 나의 입장을 말하지 않아도 이해받는 동시에 작은 사건 하나만으로 함께 울고 웃을 수 있는 공감대 말이다. 그날 이후, 나는 더 많은 딸의 이야기를 세상 밖으로 데리고 나와 손을 붙잡고, 눈을 맞추고 춤을 추고 싶어졌다.

그렇게 기획된 것이 기록하는 여자들 두 번째 딸들의 역사이다. 타이틀을 정할 때 떠올렸던 책, 김혜진의 장편소설 『딸에 대하여』에는 사별, 비혼, 동성애 등 다양한 삶의 방식을 선택해 살아가는 네 명의 딸들이 등장한다. 그들은 서로를 온전히 이해하지 못하지만, 한 공간에 존재한다. 사회적 시선에서 갈등하면서도 때로는 서로를 위로한다. 힘이 필요할 때 기꺼이 손을 내민다.

서문

2021년 6월 23일부터 8월 25일 두 달간 온라인으로 얼굴을 마주했다. 기록하는 여자들에 참여한 사람들의 동기와 목적은 모두 달랐다. 물론, 삶의 배경도 천차만별이다. 그럼에도 서로를 경청했고, 글이 완성되기까지 서로의 길잡이가 되어주었다. 쉽지 않았다. 내밀한 이야기를 꺼내는 것은 때로 벌거벗은 기분이기도 했고, 새들이 모여 있는 대나무 숲이기도 했다. 혈연도 아닌 우리지만 같은 시간을 공유하면서 앞으로 나아갔다. 『딸에 대하여』에서처럼 우리는 서로를 오롯이 이해하지는 못하지만, 서로를 위로하는데 주저함이 없었고, 할머니, 엄마, 딸이라는 각자의 역할로 불리는 이름에 한발 더 다가갔다. 역할은 때로 가족 안에서 우리를 반목하게 한다. 나도 많이 힘 들었다고. 당신을 미워했다고. 어쩌면 우리 모두 사랑이 필요했을지 모른다고. 지금의 나를 비춰보게 한 나의 딸에게 무한히 감사하다고. 우리는 각자의 위치에서 마음을 열고 기억을 더듬어 소리 내어 말했다. 침묵의 공백도 있었다. 그러나 함께였기에 공백에도 서로의 손을 놓지 않을 수 있었다.

그리하여 완성된 기록이다. 여기 자신의 깊은 감정을 반추하고 글쓰기를 멈추지 않은 9명의 딸들의 글을 소개하고자 한다. 이 책을 읽는 모든 이에게 위로와 공감의 시간이 되길 바란다.

하고 싶은 이야기가 쏟아져 나와

갈 곳을 찾지 못해서 종이에 담았다.

글이 되고 그림이 되었다.

위로가 되었다.

지금은 다른 이들의 이야기를

그림으로 대화로 담아

마음을 나누고 있다.

착한 엄마는 나를 지키지 못한다

강수현

진해시 여좌동에 벚꽃이 하얗게 흩날리던 날이었다. 벚꽃처럼 하얀 피부의 아가가 태어났다. 엄마는 해나라고 불렀다.

"예쁘다. 예쁘다. 우리 해나는 다 잘하니까 걱정 안 한다."

엄마가 주문을 걸었다. 해나는 '나는 예쁘구나, 나는 잘하는구나, 나는 좋은 아이구나'하고 마음 가득 자존감이 충전이 되었습니다가 되었을까? 아니다. 해나는 '나는 예뻐야 하는구나, 나는 잘해야 하는구나. 그렇지 않으면 나쁜 아이구나'라는 기본값을 선택했다. 예쁘다는 말을 듣지 못하고, 잘한다는 말을 듣지 못할 때마다 자존감이 내려갔다. 한번 내려가기 시작하면 바닥에 닿아야 끝이 났다. 순식간에 일어나는 일이라 멈출 수도 없었다. 해나의 자존감은 미끄럼틀 위에 올라가 바닥까지 내려가기를 반복했다.

엄마는 다섯 살 해나를 유치원에 보냈다. 엄마는 해나가 유치원에서 선생님이 이름을 부르면 대답을 너무 잘한다고 했다. 하지만 어느 날부터 해나는 유치원에 가지 않았다. 엄마는 유치원에 안 가려고 하는 해나를 더 이상 보내지 않았다고 했다. 엄마는 착했다. 억지로 시키지 않았다. 유치원에 가지 않으려는 이유를 묻지도 않았다.

해나는 일곱 살에 처음으로 주일학교 암송대회에 나가게 되었다. 선생님이 연습을 많이 했냐고 물었다. "엄마가 잘한다고 했어요." 해나는 엄마 앞에서 했던 것처럼 암송을 마치고 무대를 내려왔다. 선생님은 험한 눈빛으로 해나를 바라보고 있었다. "너 제대로 연습한 것 맞니? 하나도 못 외웠잖아!" 엄마는 분명 잘한다고 했다. 하지만 선생님은 화를 내고 있었다. 해나는 성실하지 못하고 거짓말을 하는 나쁜 아이가 되어 있었다. 해나는 얼음처럼 온몸이 딱딱하게 얼어붙는 것 같았다. 그날 밤 해나는 위장 속에 있는 것을 다 게워내고 나서야 겨우 잠이 들었다. 엄마는 해나에게 못한다는 말을 한 번도 하지 않았다. 못하는 해나는 세상에 존재하지 않는 것처럼 해나가 하는 것이면 다 잘한다고 했다.

초등학교 1학년이 된 해나는 학교에서 잘한다는 말을 들을 수 없었다. 담임선생님은 엄마를 불렀다. 보라색 융 드레스를 곱게 입은 엄마가 학교에 왔다. 엄마는 해나가 자기 이름을 크게 잘 쓴다고 자랑을 했다. 받아쓰기를 못 하는 해나는 보이지 않는 것 같았다. "우리 해나는 다 잘하니까 걱정 안 해요. 선생님이 잘 지도해주세요." 담임선생님은 이름만 쓸 줄 아는 해나를 방과 후에 남겨 개별지도 했다. 학교에서 해나는 핏기없는 하얀 얼굴에 풀 죽은 표정으로 앉아 있었다. 그리고 해나는 자주 아팠고 학교에 가지 않는 날이 많았다. 엄마는 착했다. 해나가 아프다고 하면 학교에 보내지 않았다. 학교에 가지 않아서 벌어지는 학력 차이에는 관심이 없었다.

해나는 집 밖을 나가면 나쁜 아이가 되어 집으로 돌아왔다. 좋은 아이가 되고 싶었다. 커다란 보따리를 들고 다니면서 '예쁘다, 잘한다' 말해 줄 사람을 찾아다녔다. 보따리가 가득 차면 자존감도 가득 찰 것 같았다. 좋은 아이가 될 것 같았다. 해나는 얼마나 예쁜지, 얼마나 잘하는지 뽐내야 했다.

열 살이 된 해나는 교회 성가대에서 노래를 불렀다. 노래는 엄마가 아닌 다른 어른들도 잘한다고 했다. 대회에 나가서 상도 받았다. 어깨가 으쓱했다. "목소리가 공명이 잘 돼서 예쁘구나.", "해나가 이 부분 솔로 해봐." 지휘자 선생님이 말했다. 쉬는 시간에 아이들이 몰려왔다. "왜 너만 솔로 해? 안 한다고 해." 아이들이 무섭게 말했다. 해나는 솔로를 하고 잘한다는 말을 들어야만 했다. 무서운 아이들의 말을 들어줄 수가 없었다. 그날 이후로 간식 시간에 아이들은 무리 지어 간식을 먹었다. 해나는 혼자였다.

'예쁘다, 잘한다' 말해주는 어른을 몇 명 만날 수 있었다. 하지만 그보다 더 많은 아이들이 뽐내는 해나를 싫어했다. 아이들이 싫어하자 보따리에 조금 모았던 '예쁘다, 잘한다'는 거품처럼 사그라들었다. 그 자리에 수줍음이 쌓여갔다. 사는 게 너무 어렵게 느껴졌다. 이유 없이 자주 아팠다.

엄마는 해나를 병원에 데려갔다. 엄마는 아이가 자꾸 아파서 걱정이라고 했다. 의사 선생님이 엄마를 밖으로 내보내고는 아주 은밀하게 물었다. "10살이면 10대니까 고민 있을 수 있어. 무슨 고민이 있니? 선생님한테만 이야기해봐." 해나는 해맑게 웃으며 "고민 없어요."라고 말했다. 어른에게는 웃으면서 좋은 말을 해야 예쁘다는 말을 들을 수 있다는 걸 해나는 알고 있었다. 의사 선생님은 엄마에게 우유와 달걀을 많이 먹이라고 했다. 엄마는 착했다. 의사 선생님 말을 잘 들었다. 학교 급식 우유를 두 개 신청하고 계란지단과 케첩을 밥상에 올렸다. 계란지단에 케첩은 엄마가 좋아하는 요리였다. 해나는 신맛이 나는 케첩을 많이 먹으면 속이 쓰렸다. 하지만 엄마는 몰랐다. 그저 잘 안 먹는다고만 걱정했다.

해나는 대학생이 되었다. 스무 살에도 여전히 사는 것은 어려웠다. 해나는 수업이 없는 시간에는 집에 있었다. 엄마는 이상했다.

해나의 언니들은 대학생일 때 아침에 나가서 저녁에 들어왔다. 엄마는 해나를 병원에 데려갔다. 해나는 십 년 전에 그랬던 것처럼 해맑게 웃으며 말했다. “엄마가 걱정이 너무 많으세요. 저는 괜찮아요.” 하지만 괜찮지 않았다. 수업 시간에 선생님이 해나에게 잘한다고 했다. 해나는 자신이 반짝반짝 빛나는 것 같았다. 하지만 같이 밥을 먹던 아이가 더 이상 해나와 같이 먹지 않았다. 해나에게 다른 아이들과 같이 다니게 되었다고 했다. 그 아이들이 해나와 같이 다니는 걸 좋아하지 않는다고 했다. 해나는 혼자 밥을 먹는 것이 너무 싫었다. 집으로 갔다.

해나는 속에 담아 둔 이야기를 할 곳을 찾지 못했다. 예쁘지도 잘하지도 않는 이야기는 어디에다 하는지 알지 못했다. 엄마는 예쁘다, 잘한다만 말했다. 해나는 하고 싶은 말이 쏟아져 나오자 공책을 넓게 펼쳐 담아내기 시작했다. 혼자 글을 쓰고 숨죽여 울고 어른들 앞에서는 해맑게 웃었다. 해나는 자기를 감추고 괜찮은 척하는 데 익숙해져 갔다. 척하는 가면을 쓰면 쓸수록 마음 한쪽은 수줍음이 짙어졌다. 긴장한 어깨는 점점 딱딱하게 굳어가고 자주 체하고 속이 쓰렸다.

어른이 된 해나의 마음속에는 '예쁘다, 잘한다'를 수집하는 아이가 커다란 보따리를 들고 따라다녔다. 보따리는 늘 홀쭉하고 허기졌다. 어른이 되고 '예쁘다, 잘한다'를 말해주는 이를 찾는 일은 너무 어려운 일이었다. 30대의 해나는 어른이 다니는 학교에 다니기 시작했다. 예쁘다 잘한다는 말을 선생님이 가장 많이 해주었기 때문이었다.

'그런데 선생님이 예쁘다 잘한다 하지 않으면 어떡하지' 해나는 걱정했다. 해나의 인생에 처음으로 나쁜 아이라는 생각을 심어준 사람도 선생님이었다. 선생님을 만나면 등에서 지릿지릿 전기가 통하는 것 같았다. 심장이 조여오는 것 같았다. 식은땀이 나기 시작했다. 수업 전날에는 잠도 자지 못했다. 새벽에는 속이 쓰렸다. 선생님이 하라고 하면 실행 버튼이 눌러진 것처럼 그 일만 몰두했다. 다른 모든 일은 보이지 않았다. 잠도, 식사도 그 무엇도 중요하지 않았다. 하라는 일을 마치고 잘한다는 말을 듣는 것이 너무도 중요했다. 여기서 잘하지 못하면 이제 더 이상 갈 곳이 없다고 생각했다.

어느 날 해나는 학교에 가는 차를 놓치고 지각을 하고 말았다. 지각을 만회할 생각에 선생님께 드릴 커피를 사 들고 갔다. 어른 학생이 말했다. "선생님 입만 입이냐, 나는 입도 아니냐." 해나에게는 예쁘다, 잘한다고 말해 줄 선생님 말고는 보이지 않았다. 그것이 문제라는 걸 그때는 알지 못했다.

학교 옥상에서 해나는 혼자였다. 키가 높이 자란 나무가 하늘을 향해 서서 나뭇잎을 살랑살랑 흔드는 것을 보고 있었다. "이렇게 살고 싶지 않아." 해나가 말했다. "어떻게 살고 싶니?" 나무가 물었다. 해나는 한참 고민을 했지만 답을 찾을 수 없었다. "나도 모르겠어." 해나는 보따리를 질질 끌고 다니며 예쁘다 잘한다를 수집하는 일 말고 해본 일이 없는 것 같았다. 전 생애를 수집하는 일에 매달려온 해나는 꽉 쥐고 있던 보따리를 그곳에 내려놓았다. 그리고 계단을 내려갔다.

돈을 내면 이야기를 들어주는 선생님을 찾아갔다. 선생님은 매번 같은 말을 했다. "어떻게 지내셨어요? 뭐가 떠오르세요? 기분이 어때요?" 몇 마디 대답을 하고 나면 "네. 좋습니다." 그리고 집으로 돌아갔다. '내가 잘하고 있나. 이 선생님을 찾아오는 사람들 중에 나는 잘하는 사람인가. 좋다는 건 잘한다는 건가.' 해나는 보따리를 내려놓았지만, 몸에 밴 보따리는 손에 쥐고 있지 않아도 늘 옆에 있었다. 어느 날은 선생님이 해나가 일을 잘한다고 말했다. 해나는 자신이 일하는 걸 본 적도 없으면서 잘한다고 하는 말을 믿을 수가 없었다. 선생님이 잘한다고 말해주었지만 보따리에 들어가지 않았다. 해나는 보따리가 지겨웠다. 집으로 돌아오면 침대에 누워있었다. 침대 속으로 점점 꺼져갔다. 아무것도 하고 싶지가 않았다. 해가 뜨면 집을 나가 일을 하고 돌아와 누워있었다.

이야기를 들어주는 선생님은 엄마한테 하고 싶은 이야기를 해보라고 했다. 해나는 한참 울기만 했다. "오늘은 여기까지 할까요." 선생님이 시키는 걸 하지 못하고 끝났다. 세상이 끝난 것처럼 하늘이 노랗게 변하고 등짝이 오싹하고 식은땀이 나고 속에 있는 것을 토하고 하루종일 생각나서 자책하고 심장이 조여오는 일은 일어나지 않았다. 아무 일도 일어나지 않았다. 선생님이 시키는 것을 하지 못했는데 이상한 일이었다.

이야기를 들어주는 선생님을 오래오래 만난 후에 아주 시간이 많이 지난 어느 날 해나는 엄마에게 물었다. "엄마, 나 열 살 때 왜 병원에 데려갔어? 스무 살 때도 데려갔잖아." 엄마가 뭐라고 하면 엇나갈까 봐 아무 말도 하지 못했다고 했다. 걱정이 되어 병원에 데려갔다고 했다.

엄마는 착했다. 너무 착했다. 직접 물어보지도 못하고 병원에 데려가 누군가가 도와주기를 바라며 착하기만 했다. 화를 내는 선생님, 괴롭히는 아이들과 맞서 예쁘지 않아도, 잘하지 못해도 해나 편이 되어서 싸워 줄 만큼 강한 엄마는 아니었다. 해나는 강한 엄마가 되어줄 누군가를 밖에서 내내 찾아다니고 있었던 모양이었다. 예쁘고 잘하는구나. 너를 내가 지켜줄게라고 말하는 사람은 만나지 못했다. 이야기를 들어주는 선생님은 그런 엄마는 밖에 있지 않다고 했다. 가끔 이 선생님은 너무 어려운 말을 던졌다.

해나는 마흔이 넘어가고 엄마는 할머니가 되었다. 엄마는 코로나19 방역지침을 지켜야 한다고 집 밖으로 잘 나가지 않았다. 엄마는 여전히 착했다. 집으로 돌아오면 하루종일 혼자였던 엄마에게 물었다. 엄마. 오늘 뭐 했어? 기분 어때?

해나야. 티비 화면이 안 나와서 책 봤다.

엄마. 셋톱박스 전원이 여기 있어. 껐다가 10분 뒤에 켜봐. 티비가 이상하면 제일 먼저 전원을 껐다가 다시 켜봐. 그래도 안 되면 셋톱박스 위에 적힌 번호로 전화를 걸어서 사람을 불러. 기사님이 와서 고쳐 줄 거야.

해나는 엄마에게 무슨 일이 있었는지, 기분은 어떤지 자주 물어봤다. 문제가 생겼다고 하면 엄마가 해결할 수 있도록 방법을 가르쳐줬다. 이야기를 들어주는 선생님이 밖에 있지 않다고 말한 엄마를 찾은 것 같았다. 해나가 찾던 강한 엄마는 싸움을 잘하는 엄마가 아니었다. 해나는 문제를 들고 찾아오는 사람과 해결 방법을 함께 찾아가는 일을 했다. 해나가 찾던 강한 엄마는 해나가 하는 일 속에도 있었다.

어린이날

1996년 5월 5일 어린이날.

Canon EOS888 35-80mm 렌즈 반자동 필름 카메라. 스무 살이 된 딸에게 아빠가 건넨 어린이날 선물이다. 아빠가 일본에 다녀오는 직장동료분에게 건축 사진 찍을 거라고 좋은 카메라를 부탁했단다. 카메라 바디 옆쪽에 있는 화살표를 따라 버튼을 살짝 올리면 띠딩~ 스프링 소리와 함께 뒤뚜껑이 열린다. 동글동글 돌아가는 필름이 들어가는 공간이 있다. 코닥 골드 100필름 36장을 공간에 끼운다. 삐죽이 튀어나온 필름을 당겨 반대쪽 끝으로 살짝 밀어 넣고 닫으면 지이~ 필름이 돌아가 자리를 잡는 소리가 난다. 이제 준비가 되었다. 카메라를 들고 집을 떠나 사람이 사는 혹은 사람이 살았던 건축물과 자연을 카메라로 들여다보며 스무 살의 시선이 담긴 세상을 한 장 한 장 찍어나갔다.

그날 이후로도 어린이가 아닌 딸에게 주는 아빠의 어린이날 선물은 계속되었다.

2021년 5월 5일 어린이날.

징징. 휴대전화 진동음이 울린다.

'옜다 용돈' 봉투가 도착했어요.
카톡 메시지가 왔다.
작은 언니다.
갑자기 용돈은 왜? 어린이날이라고?
응. 니가 우리 집안 막내.
그날 작은 언니의 트위터에는 이런 기록이 남겨졌다.
'어린이날 용돈을 동생에게 보냈다. 아빠 안 계시니 언니가 쏜다.
물론 얼마 안 되지만'

나는 아빠가 없다.

나의 이야기는 없는 아빠를 더듬어보는 딸의 이야기가 되지 않을까….

아빠가 담긴 마음 사진을 한 장 한 장 들여다보게 될 것 같다.

아빠는 성인이 된 딸에게 왜 어린이날 선물을 계속 주셨을까? 자연스럽기만 했던 일에 대답을 들을 수 없는 지금에야 물음표를 던진다.

아빠가 태어날 무렵에 나이 차가 한참 나는 아빠의 큰누나가 첫 아들을 낳았다고 했다. 아빠는 서른이 넘은 늦은 나이에 결혼해서 마흔이 가까울 때 나를 낳았다. 나는 아빠 형제의 자녀 중 막내였다. 친척들이 모이면 집안 막내라고 부르며 예뻐했다. 명절에 인사드리러 가면 대학을 졸업하고 난 뒤에도 막내라고 세뱃돈을 챙겨주셨다. 하지만 나의 탄생에는 어두운 이야기도 있었다. 할머니가 아들을 꼭 낳으라고 해서 태어난 아이가 나였다. 내가 태어나고 할머니는 아빠와 함께 살다가 딸네로 갔다고 했다. 할머니는 아들이 아니어서 나와 함께 살고 싶지 않았을까. 사춘기에 나는 원하지 않는 딸이라는 생각에 사로잡혀 무척 힘들었다. "아빠 나는 왜 태어났어?" 아빠는 아들보다 딸이 좋다고 했다. 원치 않는 딸이라 할머니 사랑을 받지 못한다. 여겨 더 예뻐했던 걸까.

"나도 안아줘 왜 막내만 안아줘?" "너는 더 어릴 때 많이 안아줬잖아. 엄마, 아빠가 저세상 가면 막내가 제일 조금만 같이 지내잖아. 그래서 잘해주는 거야." 작은 언니가 기억하는 막내는 부모님과 제일 짧게 사는 아이였다. 아빠의 선물은 당신이 떠난 다음 혼자 살아갈 막내딸에 대한 걱정이었을까.

물음표는 독창 대회를 준비하던 날에 이르렀다. 아빠는 나를 데리고 옷가게에 갔다. 주인에게 독창 대회에 나갈 거라고 설명을 했다. 우리 딸이 팔에 털이 많아서 고민인데 적당한 옷을 추천해

달라고 했다. 민소매 원피스에 긴 팔 볼레로 세트를 샀다. 빨간 머리 앤에서 다이아나가 입은 드레스처럼 어깨가 볼록하고 팔 부분은 니트 소재라서 쫙 붙었다. 양쪽으로 묶은 긴 머리를 땋아서 양쪽 귀에 도너츠를 하나씩 달았다. 대회가 열리는 시민회관 강당은 어마어마하게 컸다. 볼이 발그레해져 노래를 부르기 시작했다. 내 목소리가 큰 강당 구석구석으로 퍼져나가는 짜릿한 순간이 너무 벅찼다. 무대에서 프리마돈나가 되고 싶었다. 함께 대회를 준비했던 아이는 교수님 레슨을 받는다고 했다. 아빠는 노래를 취미로 하는 게 어떠냐고 했다. 성악가를 뒷바라지할 만큼 경제적으로 여유가 있지 않았다. 나는 노래 부르기를 멈췄다. 아빠의 선물은 딸의 꿈을 지켜주지 못한 미안함을 대신했던 걸까.

아빠가 어린이날만 선물을 준 것은 아니었다. 작은 언니는 퇴직한 아빠에게 매달 용돈을 보냈다. 아빠는 은행 심부름을 시키며 나에게 용돈을 챙겨주셨다. 작은 언니를 만나러 서울에 갔다가 기차 시간을 기다리며 서울역 갤러리아 백화점을 돌아다녔다. 언니에게 아빠한테 받은 용돈을 자랑했다. 가방을 하나씩 사기로 했다. 언니는 하늘색 빅백, 나는 핑크색 보스턴 백을 들었다. 예쁘게 선물 포장을 해서 집으로 가져왔다. 아빠가 주는 선물이라고 증정식도 했다. 아무 날도 아니었다. 아빠는 가까이 있는 막내딸이 그냥 좋았던 것일지도 모른다.

2003년.

서른이 되기 전에 망해보자고 하며 친구가 인테리어를 같이 하자고 했다. 아빠는 공간을 아름답게 만드는 일이 좋다며 해보라고 했다. 2009년. 미술치료 공부를 하고 싶다고 했다. 아빠는 사람들을 돕는 일이 좋다며 해보라고 했다. 아빠는 내 편이었다.

2018년 3월.

"원장님이 갑자기 강의를 할 수 없게 되었어. 나한테 해보래. 이미 한 달을 진행한 수업인데 내가 할 수 있을까." "온실 속에 있을 수만은 없지. 해봐." 아빠는 두 손을 들어 만세를 했다. 아빠의 응원을 받으며 강의를 시작했다. 한주 한주가 숨 막히게 지나갔다. 그러는 동안 아빠는 구급차를 타고 병원으로 갔다. 아빠가 구급차를 탄 것은 처음이 아니었다. 병원에 가서 얼마 지나고 나면 걸어서 집으로 돌아왔다. 2018년 5월 25일. 아빠의 나이는 77세에서 멈췄다. 5월의 크리스마스에 행운의 7을 두 개나 가진 아빠는 하늘나라로 갔다.

겉으로 보기에는 아무 일도 일어나지 않은 것 같았다. 아침이 되면 해가 떴고 일을 하러 가고, 강의를 마무리하고 계획되어 있던 일을 했다. 보이지 않는 마음에는 너무 많은 일이 일어나 감당이 안 되었다. 마음은 겨울처럼 얼어붙었다.

마음에 얼음 땡을 하듯 아빠가 없다는 말이 불쑥불쑥 쏟아졌다. 벨을 누르면 "아빠가 간다" 외치며 달려와 현관문을 열어주는 아빠가 없었다. 내 방까지 들리던 볼륨 높은 야구 중계 소리가 사라졌다. 신문을 펼쳐 들고 소파에 앉은 아빠의 어깨에 기대 오늘 힘들었다고 말하고 싶었다. 하지만 아빠가 없었다. 5월이 돌아와도 어린이날 선물은 없었다.

2021년 8월.

가을학기를 준비하고 있다. 몇 해 전 그 강의를 하게 되었다. 나는 소파로 달려가 앙상하지만 따뜻한 어깨에 기대 힘들다고 말하고 싶다. 신문을 펼쳐보던 소파는 그대로인데 아빠가 없다. 뭐라고 하셨을까 되뇌어보며 아빠를 살려낸다. 눈물을 주르륵 흘리며 말한다. "나는 아빠가 없다."

변화가 두렵지만

아직 어리다는 핑계로

계속해서 변화를 추구하고 삽니다.

무엇을 하고 살지 모르겠지만

그래서 인생이 재미있는것

아닐까요?

나의 역사

이 윤 정

"책 좀 그만 봐라. 밤에 또 안 자고 책 봤니?"

책 많이 읽는 아이. 그게 나를 평가하는 말이었다. 타인이 나를 보는 시선이었고 나를 정의하는 말이었다. 하물며 얼마나 할 말이 없었으면 초등학교 때 쓴 롤링페이퍼에 온통 책 읽는 모습이 기억난다, 책 잘 읽어서 부럽다, 이런 말투성이였다. 부모님도 좋아하셨다. 누가 시키지도 않았는데 알아서 도서관에 가서 책도 읽고, 초등학교 고학년부터는 도서부도 하며 도서관에서 살다시피 하는, 독서왕 같은 타이틀은 항상 차지하는 아이. 공부는 보통이지만 책이라도 잘 읽는다는 자랑거리가 있는 아이. 하다 못 해 한글을 배우게 된 계기도 혼자서 책을 읽고 싶어서 두 살짜리 아이가 한 달 만에 책을 읽어 냈으니 얼마나 천재처럼 보였을까. 하지만 나는 기대만큼의 천재가 아니었고 수재도 아니어서 공부는 영 못했다. 그냥 다독으로 익힌 이해력이 좋아서 공부를 안 해도 중간, 해도 중간만 하는 그런 아이였다.

분명히 좋아서 시작한 책 읽기는 어느 순간 나도 모르게 남들에게 잘 보이기 위한 수단으로 바뀌었다. 아직 아이를 키워보지 않아서 모르겠으나 나의 학창 시절에 학생이란 몇 가지로 나뉘었다. 공부를 잘하는 아이, 운동하는 아이, 예술을 하는 아이, 그리고 그 외 나머지들. 나는 나머지들에 속했고 그나마 초등학교부터 이어진 책이라는 특기 하나를 고등학교까지 끌고 다녔다. 책을 보지 않는 나는 아무것도 아니라는 것을 깨닫고 일부러 책을 더 멀리하고 허랑방탕하게 놀기만 한때도 있었으나, 결국 나는 책 없이는 살 수 없다는 것을 깨닫고 항상 함께 있기를 택했다.

1. 미운 오리 새끼와 모모의 이야기 속 이야기

책을 읽었던 것은 아주 어릴 때부터라 '책을 읽지 않는 나'는 상상할 수 없다. 책이란 내가 할 수 없는 것, 갈 수 없는 곳을 할 수 있고 갈 수 있게 하는 통로였고 나는 상상으로 그것을 현실처럼 느낄 수 있었다.

내 기억 속 첫 번째 책을 골라보라면 『미운 오리 새끼』라고 말할 수 있다. 내가 매일 이 책만 읽어달라고 너무 졸라서 지쳐버린 바쁜 어머니가 한글을 배우면 엄마가 없어도 책을 읽을 수 있다고 살살 꼬드겼다. 그 후, 한글책을 사줬고 정말로 한 달 만에 떠듬떠듬 책을 읽었다는 말을 8살, 초등 1학년에 처음 들었다. 학교에 갔더니 한글을 모르는 아이가 있어서 어머니와 이야기하다가 그 말을 들었던 것으로 기억한다.

그때도 안데르센 동화나 이솝우화, 탈무드 등 전 세계의 어린이에게 좋다는 책들은 다 좋아해서 그 책도 여전히 집에 있었다. 내가 그 책을 왜 좋아했는지는 기억나지 않지만, 지금은 못나 보여도 언젠가 아름다운 날개를 펼칠 수 있으리라고 믿었기에 좋아했을 거라고 두 살의 나는 마음대로 생각했다.

사실 이런 것보다는 언어적인 부분에서 안데르센을 비롯한 고전 동화들이 나에게 큰 영향을 끼쳤다. 특히 교우관계 형성에서 큰 부분을 차지했는데, 번역가에 따라 사용된 단어나 내용이 조금씩 다르다는 것을 알게 된 나는 다른 출판사에서 나온 책을 사 달라고 하거나 도서관에서 어른용 책들을 찾아 읽었다. 그러면서 내가 사용하는 단어는 여느 또래와 달라졌다. 그리고 어릴 때의 '다르다'는 말은 곧 틀림을 뜻하기에, 나는 자연스럽게 겉돌았다.

솔직히 말하자면 초등학교 6년 내내 또래들이 나와는 수준이 맞지 않다고 생각했었다. 내가 보기에 다른 애들은 맨날 시끄럽게 뛰어다니고 별것도 아닌 일에 울거나 소리 지르는, 감정에 따라 행동하는 지극히 비이성적인 태도를 보였었다. 지금 보면 그냥 똑같은 어린애가 무슨 그런 생각까지 했나 싶을 정도로 나는 아이들이 사용하는 어휘나 행동 수준이 낮다고 생각하여 어울리지 못했다.

당시 내가 가장 많이 들었던 칭찬 대부분은 "친구들과는 달리 어른스럽네", "말하는 게 애 같지 않다", "아직 어린데 벌써 그런 책을 보니?" 이런 말들이었다. 이게 칭찬인가 싶지만, 그냥 조용하니 어린애 같지 않아서 착하다는 뉘앙스였다. 어른들이 좋아해 주니 나도 더 열심히 책을 보았다. 쉬는 시간마다 도서실에 갔고 점심도 누구보다 빠르게 먹고 한 줄이라도 더 책을 읽기 위해 뛰어다녔다.

그렇게 4년을 보내고 졸업 전 2년 동안, 내 짧은 인생에 큰일이라고 할 만한 사건이 일어났다. 매일같이 책만 보다 보니 그때의 나는 사람의 순수함이나 진실함에만 신경 쓰며 친구를 사귀었다. 하지만 고학년 아이들의 수준이란 내 생각보다 더했다. 5학년이 되어 새 학기 첫날, 옆자리에 앉은 아이가 착해 보여 친하게 지냈는데 알고 보니 그 아이는 작년부터 반에서 왕따를 당하고 있었다. 아파트 단지들과 주택가의 초등학교가 그렇듯이 한 학년의 대다수가 옆집 애, 옆 동 애, 무슨 일이라도 생기면 다음 날 모든 학생이 다 아는 상황에서 내가 왕따와 친하게 지낸다는 것이 알려지자 나도 같이 왕따 시키려는 낌새가 나타났다. 다행히도 내가 쌓아온 우정이 헛되지는 않았었는지 반은 달라졌어도 친구들이 나와 함께 다녀주어 나는 직접적인 괴롭힘을 당하지 않았다.

다만 6학년이 되며 본격적인 괴롭힘이 시작되었다. 친구들까지 같이 한데 묶으려는 낌새가 보여서 나는 그때부터 어떤 누구와도 다니지 않았다. 이전보다 더 빠르게 도서실을 다녔고 반에서는 아무 말도 하지 않으려 했다. 나와 가깝게 지낸다는 이유로 다른 아이들까지 피해 입히고 싶지 않았다. 괴롭힘의 이유는 알지 못한다. 그저 추측건대 살찌고 못생긴 애가 있고 그냥 아무 이유 없이 거슬리고 자기보다 못하다고 생각해서 괴롭힌 게 아니었나 싶다. 나를 괴롭히던 주축인 남자애와 여자애가 하나씩 있었는데 남자애가 주로 말로 욕했다면 여자애는 신체적으로 괴롭혔다. 매일 일부러 찾아와서 발을 밟거나 꼬집거나 찌르는 행위였다.

그런데 이게 괴롭히는 것 같지 않아서 나는 아무 대응도 하지 않았다. 도리어 주위 다른 아이들이 더 신경 쓰다 누군가 정의로움을 표출하고 싶었는지 담임 선생님께 말씀드렸다. 나는 조회 시간에 교탁 앞에서 그 아이에게 웃기지도 않는 억지 사과를 받고 가짜 화해의 포옹을 한 뒤 한 달간 짝꿍을 하면서 손을 잡고 다니게 되었다. 그 애는 이제 매일 같이 있으니 잘 되었다 싶었는지 나는 거의 그 애를 발등에 싣고 다니다시피 하며 다녔다. 좀 과장

된 표현이긴 하지만 그 아이는 내 앞번호라 줄을 서면 무조건 내 앞이었고, 그럴 때마다 항상 발을 밟았다. 내가 별로 반응을 보이지 않거나 그냥 웃고 말면 아예 그 위로 올라서곤 했다. 당시 나는 이미 키가 160cm를 넘었고 덩치도 제법 컸는데 그 애는 키도 130cm 언저리에 비쩍 말라서 밟아봤자 아프지도 않았다.

사실 욕이라는 것도 초등학생 애들이 욕을 알아봤자 얼마나 알겠는가? 심지어 나는 그런 욕은 알지도 못했고 내가 아는 욕이라고는 씨X 정도여서 나는 아이들이 나에게 욕을 하는지도 몰랐다. 그 아이는 나를 '찐찌버거'라고 부르다 너무 길었는지 '찐찌'라고 줄여서 부르곤 했다. 난 정말로 어디서 새로 나온 햄버거 이름이라도 되는 줄 알았다. 알고 보니 찐따, 찌질이, 버러지, 거지의 앞 글자를 따서 그렇게 부른다고 한다. 이런 걸 보면 성악설이 틀리지 않은 것 같기도 하다. 정상적인 교육을 받고 자란 아이가 어떤 사고를 거치면 같은 반 동급생에게, 그것도 처음 보는 아이에게 이런 별명을 지어 부르고 괴롭힌단 말인가?

매일 지속되는 언어, 신체적 폭력에 어쨌거나 어린애였던 나는 꽤 상처를 받긴 했는지 갑자기 학교 가기 싫은 날이 생기기도 했다. 학교 가기 싫은 날이 늘어갈 때마다 미하엘 엔데 작가의 『모모』라는 책에 빠져 얇지도 않은 그 책을 달달 외울 만큼 읽어댔다. 아마 모모처럼 어려움이 닥쳐도 잘 해결하고 미래로 나아가고픈 무의식의 표출이 아니었을까? 그리고 함께 읽으며 좋아했던 책은 같은 작가의 『끝없는 이야기』라는 책이었다. 말 그대로 책의 도입부가 이야기의 끝에 다다라서 뫼비우스의 띠처럼 되풀이되는, 책 속의 책이었다. 6학년 그 1년 동안 무언가 크게 아프거나 욕을 먹거나 하지는 않았지만 매일 도돌이표처럼 반복되는 꾸준한 괴롭힘은, 내가 그 책처럼 끝나지 않는 이야기 속에 있는 것처럼 느끼게 했다.

그 당시의 나에게 책은 도피처였다. 외면하고 싶은 현실을 벗어나서 내 마음대로 상상하게 해주는 나만의 안락하고 평화로운 도피처. 그 당시 가장 가지고 싶었던 것은 도서관이었다. 자고 일어나면 도서관에서 책을 보는 그런 삶을 살고 싶었다. 오래된 책에서 나는 먼지 냄새와 비가 오면 습한 공기와 약간의 곰팡내, 내 키보다 큰 책장들, 그냥 모든 것이 좋았다. 가족들 것까지 여러 개의 카드로 매주 스무 권의 책을 빌리며 나는 현실을 외면하려 했다.

2. 싯다르타와 나니아

『나니아 연대기』를 아는가? 영화로도 만들어지며 큰 인기를 끌었던 7권의 시리즈다. 나에겐 해리포터나 반지의 제왕보다 더 현실적인 판타지였다. 다른 세계로 가는 방법이 돌벽을 통과하는 것도 아니고 고작 옷장이라니! 이후에 수많은 판타지 도서를 봤지만, 나에게는 여전히 나니아 연대기가 가장 완벽하다. 책을 보며 터키 젤리의 맛을 상상해보기도 하고-실제로는 그냥 단 디저트였다- 나도 나니아에 가고 싶어서 매일 옷장을 들어가다 그 안에서 자기도 했던, 즐거운 추억이 많은 책이다. 무엇보다 그 책에서 가장 좋았던 부분은 네 남매의 서로를 향한 믿음과 사랑이었다. 사람은 가지지 못한 것에 대한 갈망이 더 크듯이 나도 내가 가지지 못한 자매간의 친목을 원했다.

나에게는 손위 자매가 한 명 있다. 아주 어릴 때의 사이가 어땠는지는 기억나지 않으나, 적어도 내가 기억하는 순간부터는 사이가 좋지 않았다. 현실에서 느낄 수 없던 피붙이들 사이의 돈독한 애정을 나도 가지고 싶었다. 그래서 사이가 좋아지기 위해 열심히 노력했다. 다만 시기가 좋지 않았다. 언니는-언니라고 부르지 않게 된 지 십 년도 더 되어서 글로도 어색하다- 나와 세 살 터울로 사춘기가 일찍 오고 늦게 간 편이었다. 부모님이 맞벌이여서 하교 후 집에 오면 둘만 있었고 나는 자연스럽게 언니의 따까리였다. 내가 처음으로 요리라고 부를 만한 것을 한 건 초등학교 3학년 때였다. 볶음밥이었다. 언니가 시켜서 했다. 이후 자기가 학교를 마치고 왔을 때 내가 뭐든지 먹을 것을 미리 해두지 않으면 욕을 했다. 나중엔 때렸다.

나는 부모님께 절대 말하지 않았다. 그놈의 애늙은이 같은 생각에 안 그래도 바쁘고 요즘 두 분 사이도 안 좋아 보이는데 내 문제까지 얹어드리고 싶지 않았었다. 어쩌면 자매의 일이니 '내가 잘하면 잘 되겠지.'하고 생각했던 것 같기도 하다. 그 생각은 완전히 틀렸고, 언니가 중학교에 가며 폭력은 더 심해졌다. 부모님이 바빠서 훈계라고 해봤자 손바닥 한두 대 맞는 게 다였던 나에게 아무 맥락 없이 날아오는 손이나 발은 피할 수 없었고 막을 힘도 없던 나는 그냥 맞았다. 언니가 진학한 중학교는 그 지역에서 안 좋은 소문은 다 나오는 학교였고 자연스럽게 좋지 않은 아이들과 어울리며 거칠어진 게 아닌가 싶다. 나는 언니에게 힘으로는 이길 수 없어서 많이 맞았고, 언니를 위한 식사는 내가 중학교에 가서도 계속되었다.

정말 별것 아닌 이유로 많이 맞았다. 크게 아팠던 게 몇 가지 생각나는데, 주먹으로 내 코를 때려서 쌍코피가 나고 안경다리가 부러졌었다. 자기가 때려놓고 피가 그렇게나 많이 날 줄은 몰랐었는지 다행히 한 대만 때리고 안경 고치라고 만 원을 줬다. 현관에서 맞았었는데 피가 현관 여기저기에 튀고 웅덩이가 고일 정도로 나서 어지러웠고 안경을 안 써서 잘 안 보이는 와중에 닦느라 조금 고생했던 기억이 난다. 그리고 정말 다행이었던 건 코뼈가 부러지지도 않고 금이 가지도 않은 것 같았다. 사실 병원에 안 가서 모른다. 그 일은 그냥 살면서 쌍코피 터질 일이 얼마나 있겠나 싶어 신기한 경험 했다 치고 아무 말 없이 조용히 넘어갔었다.

다만 내가 점점 크면서 어느 정도 반항을 하기 시작하며 문제가 커졌다. 사람 심리라는 게 반응이 있으면 더 심하게 굴지 않는가? 언니도 내가 반항하니 한 대 때릴 거 두 대 때리고 그랬다. 당시 나는 때리면 일단 어디든 들어가서 문을 잠가버리고 언니가 제 풀에 지쳐 방에 들어갈 때까지 나오지 않았다. 주로 내 방이나 화장실로 도망쳤는데, 화장실 문을 어찌나 세게 발로 차고 당겼는지 세 번짼가 화장실 문을 잠갔을 때 문고리를 부수고 나를 끌어내서 때렸었다. 당시 집 열쇠는 내가 미리 내 방에 숨겨두었고, 내 방 창문이 뒷 베란다로 연결되어 있어서 창문도 절대 열지 않았다(언제 도망칠지 몰라서 방에 항상 먹을 것과 물, 좀 웃기지만 요강을

뒀었다). 어느 날은 방으로 도망쳐서 문을 잠그니 그게 미쳤는지 망치와 식칼을 가져와서 문을 두드렸었다. 문에 패인 자국이 남으니 자기도 좀 걱정되었는지 몇 번 두드리다 말고 몸으로 밀치기만 했다. 어쨌거나 자국이 남아서 그 자국도 내가 대충 흰 물감으로 비슷하게 칠해서 가렸다.

그러다 내가 힘이 모자라서 문을 닫지 못한 날이 있었다. 그즈음 손을 쓰는 건 손이 아팠는지 발로 차고 밟는 일이 많았는데 그 날따라 너무 아파서 바닥에 세워뒀던, 이사하면 달아준다고 엄마가 사줬던 천 조각 퍼즐 액자를 들어서 막았다. 아직도 그 퍼즐을 큰 종이로 감싸서 가지고 있다. 가끔 보고 싶을 때 열어보는데 볼 때마다 그때 생각이 난다. 하여간 갑자기 발이 막히니 더 짜증을 내며 액자를 거실에 던져버렸다. 어떻게든 덜 맞으려 내 나름대로 다리를 할퀴고 깨물려 하니 부서진 액자 틀을 들고 진짜 비 오는 날 먼지가 날 수도 있겠구나 싶을 만큼 맞았다.

지금도 후회하는 일 중에 하나다. 막지 않았으면 그냥 적당히 맞고 끝났을 걸 액자도 부수고 더 많이 맞았으니 말이다. 여하튼 그날도 뒷정리는 내가 하고 항상 엄마가 오기 전에 운 티가 안 나게 하려고 찬물로 샤워를 했는데 하필 엄마가 일찍 왔다. 엄마는 내가 대답이 없으니 화장실 문을 열었다가 내 등을 보고 눈이 돌아서 언니와 미친 듯이 싸웠다. 엄마가 알아도 문제, 모르게 해도 문제였다. 언니는 엄마와 싸울 때도 '적당히'가 없었다. 진짜 죽일 듯이 달려들어서 나는 어느 날 저러다 언니가 진짜로 엄마를 창밖으로 밀친다든지 할까 봐 무서웠었다. 그래서 언니와 싸운 날에는 더 철저하게 숨겼다.

대신 말 할 수 없는 나의 억울함과 괴로움은 머리카락을 자르고 더 집착적으로 책을 읽으며 현실을 잊으려 했다. 처음 머리를 잘랐을 땐 엄마가 무슨 일이냐고 물었었지만 그게 하도 자주 반복되니 다시 묻지 않았다. 그리고 이혼하고 딸 둘을 키우며 엄마도 나름대로 많이 힘들어서 어느 정도는 알면서도 모른 척했던 것 같다. 웃기게도 계속 머리를 자르다 보니 중도 제 머리는 못 깎는다지만 나는 단발도 내가 직접 자를 만큼 실력이 좋아졌다. 이건 좋은 거 같아서 언니에게 그나마 고마운 점 중에 하나다.

그 고된 당시에도 중2병이 살짝 오기는 했었다. 고전소설이나 현대문학을 좋아하던 나는 아예 탈 현실 하여 판타지 소설을 많이 봤다. 그러곤 상상했다. 어느 날 갑자기 내가 힘이 세져서 언니를 이기거나 아예 처음부터 언니가 없는 세상을 생각했다. 물론 그 모든 건 현실이 될 수 없다는 걸 빨리 깨닫고 체념했다.

당시 내가 가장 많이 한 일탈은 집에 들어가지 않는 거였다. 집에 제일 먼저 오는 건 나였기에 집에 오자마자 밥부터 빨리 먹고 어디든 나갔다. 카페는 잘 가지 않았고 게임도 하지 않아서 피시방도 갈 수 없었다. 도서관은 6시가 되면 문을 닫아서 나는 항상 옥상에 있었다. 우리 집은 아파트 꼭대기 층이었고 옥상에서는 아무도 나를 보지 않았고 언니는 내가 옥상에 있으리라고는 생각도 하지 않았기에 매우 좋았다. 야외라는 점과 가끔 담배를 피우러 오는 아저씨들을 빼고는 다 좋았다. 책을 하나씩 들고 가서 해가 질 때까지 읽고 어두워지면 그냥 앉아서 엄마나 아빠가 퇴근할 때까지 기다렸다. 그러나 너무 배고프거나 너무 덥거나 너무 추워서 도저히 참을 수 없을 때면 조심스레 내려가서 현관문에 귀를 대고 언니가 거실에 있는지, 방에 있는지를 가늠해보고 잽싸게 방으로 들어갔다. 지금 생각해보면 그때 방광염에 안 걸린 게 용하다. 내가 중학교에 들어가고 얼마 뒤 부모님이 이혼했다. 그러면서 나는 집에 더더욱 들어갈 수 없게 되었다.

아직도 기억나는 날이 있다. 비가 부슬부슬 오는데 집에 갈 수가 없어서 편의점에서 제일 저렴한 비닐우산을 하나 샀다. 옥상에 갔더니 이미 물이 조금 고여있었다. 아파트 1층에서 올라가며 전

단 종이를 모조리 뜯어서 그 종이를 깔고 앉아 엄마가 퇴근한다는 전화가 오기를 기다렸었다. 평소엔 옥상에서 자유롭게 혼잣말도 하고 노래도 부르고 머릿속으로 온갖 상상도 할 수 있어서 좋았는데 그날은 추위에 떨며 조금 울었다. 가장 편하고 좋아야 할 집이 편하지 않다는 게, 나를 보호해 줄 어른이 오기 전까지 들어갈 수 없다는 게 슬펐다.

우리 집은 종교가 없지만, 그때만큼 신을 많이 찾은 적이 없다. 오만 신들에게 빌며 제발 우리 언니가 정신 차리게 해주든가 아니면 나에게 이 시련을 버틸 힘을 줬으면 했다. 당연히 아무도 나를 돕지 않아서 나는 스스로 나를 버틸 수 있게 만들어야 했다. 그래서 부처님이 좋았다. 다른 신들은 나를 따르는 자에게 자비와 영광이 오리라 하는데 불교는 나도 신이 될 수 있었다. 그래서 헤르만 헤세의 『싯다르타』를 좋아했다. 왕자로 태어났을 뿐 평범한 인간이 생로병사를 깨닫고 윤회를 느끼고 해탈의 경지에 이르는 그 과정이 좋았다. 지금은 마하반야바라밀다심경 관자재보살 이것밖에 기억나지 않지만, 그때 내가 갑자기 불경을 달달 외고 다녀서 어머니가 애가 혹시 갑자기 비구니가 되려 그러나 싶어 조금 걱정했었다고 한다.

불교 경전만 본 게 아니라 성경도 읽고 때로는 교회에 가서 설교를 들으며 구절 해석도 듣고 코란도 읽어봤다. 그러면서 정말 말 그대로 온갖 종류의, 장르의 책들을 읽었다. 용돈을 서점에 바치다시피 하며 책을 사 읽고 학교와 공공도서관에서 책을 빌려 읽었다. 그러니 당연히 성적이 떨어졌다.

중학교 3학년 때 담임 선생님은 내 성적으로 인문계에 갔다가는 만년 꼴등만 할 테니 그냥 실업계를 가라고 했다. 반발심이 들었다. 내가 공부를 안 한 건 맞지만 그렇다고 대학에 못 갈 만큼은 아니라고 생각했는데 아예 실업계를 가서 바로 취업하라니, 이게 진짜 나를 생각해서 하는 말인지 그냥 떨이처럼 치워버리고 싶어서 하는 말인지 헷갈렸었다. 담임 선생님은 몇 번이고, 심지어 내가 지망하는 고등학교를 써낸 이후에도 계속 나를 교무실로 불렀다. 다른 선생님이 다 듣도록 큰 소리로 너는 공부를 못 해서, 인문계에 가도 대학에 못 갈 테니 그냥 실업계를 쓰라고 윽박질렀다. 나는 그래도 고집부리며 학교를 바꾸지 않았고 그 중학교에 다니며 가장 잘한 일이었다고 생각한다.

왕따였던 기억에서 벗어나지 못하고 학교 밖에서 친구를 만들며 학교에서의 추억은 도서부를 하며 즐거웠던 기억뿐이던 중학교는 그렇게 끝났다.

3. 청새치와 함께한 천일의 밤을 지나 신세계로

고등학교는 그 지역의 공립고등학교로 진학했다. 작은 도시라 나를 모르는 곳으로 갈 수는 없지만 조금이라도 나를 아는 사람들과 덜 마주치고 싶었다. 정말 다행히도 나를 모르는 아이들이 많았고 3년 동안 즐겁게 지냈다. 다만 사람을 대하는 데에 있어 힘든 부분이 조금은 남아있었던 것 같다.

무엇보다 좋았던 점은, 그 학교는 사서 교사를 받았다. 어느 과목의 교사가 도서실을 겸하는 것이 아니라 문헌정보학을 전공한 사서 교사였다. 물론 그 당시의 나는 문헌정보학이 뭔지도 몰랐지만, 전문성을 가지고 배운 선생님답게 도서부를 하는 동안 좋은 기억밖에 없었다. 학기마다 새 책이 들어올 때는 책이 많아서 조금 힘들 때도 있었지만 정신적으로는 기쁨이 충만한 상태였다. 무엇보다도 내가 진심으로 책을 좋아하고 도서관에 많이 신경 쓴다는 점을 선생님이 알아줬고, 가끔 내게 도서관을 맡기기도 할 만큼 나를 신뢰했다는 것이다. 선생님과는 아직도 간간이 연락하고 지낼 만큼 좋은 사제관계였다.

학년이 올라가며 아이들은 도서관에 잘 오지 않았다. 저학년 때야 생활기록부에 작성한다고 추천 도서니, 뭐니 빌려댔지만 정작 고3이 되고 나면 학생부종합전형을 목표하는 아이들만 어쩌다 가끔 도서관에 왔다. 나는 여전히 도서관에서 살았다. 공공도서관은 이제 멀어서 잘 가지 않았지만, 그 대신 학교 도서관을 내 것처럼 아끼고 사랑하며 관리했다.

그러다 보니 나도 책을 잘 읽지 않게 되었다. 항상 책 좀 그만 보라고 하던 어머니도 고등학교 때는 책 좀 보라고 하셨었다. 사실 이미 어지간한 책은 거의 다 봐서 별로 보고 싶지 않았다. 새롭게 나오는 책들은 이미 흔하다. 새로운 것이 나오는 게 아니라 이미 이전에 있던 내용이 새롭게 짜깁기되어 나오는 느낌을 숱하게 받으며 나는 이제 새 책을 사지 않았다.

보고 싶은 책이 생기면 도서관에서 빌렸다. 그러다 보니 자연스레 처음으로 돌아갔다. 어렸을 때 읽었던 책들을 다시 읽었다. 한 번 읽은 책의 내용은 거의 다 잊지 않고 기억하고 있기에 같은 책을 읽지 않았는데, 초등학교 3학년에 읽는 책과 고등학교 1학년에 읽는 책은 내용은 같아도 받아들이는 내가 달라졌다는 것을 깨달았다. 그래서 주로 예전에 읽은 책들을 찾아서 읽었다. 어릴 땐 그냥 아무 생각 없이 읽었던 책들이 좀 자랐다고 더 많은 상상과 여러 가지 의미로 해석할 수 있도록 바뀌었다.

그 중 올더스 헉슬리의 『멋진 신세계』는 나에게 본격적으로 '나'라는 사람과 내 미래에 대해 고민하게 했다. 처음 이 책을 읽었을 때는 '컨베이어식 공정과 세뇌 교육의 합작으로 만들어진 어쩌면 최고의 디스토피아 세계'라고 생각했다. 다시 읽고 나니 그 생각은 여전하지만 '나'를 생각하게 되었다. 과학기술은 갈수록 발전하지만 나는 그에 대해 어떠한 지식도 없고 재주도 없다. 그렇다고 해서 내가 인문학적 소양이 뛰어난가? 한다면 그도 아니다. 하지만 나는 사람들이 어떠한 학문에 대한 정보를 찾을 때 그를 도울 수 있다. 책을 추천할 수도 있다. 나는 어쩌면 중간단계의 사람이 될 수도 있겠다고 생각했다.

손재주가 좋아 손으로 하는 대부분을 잘하는 나지만 공부는 못 해서 모두가 내신에 신경 쓰고 시험공부를 할 때 나는 책만 봤다. 와중에 읽는 것만 빨라서 시험 칠 때 항상 내가 제일 먼저 끝내고 엎드려 자곤 했다.

읽었던 책을 다시 읽으며 내 취향을 다시금 확실히 알았다. 나는 고전이 좋다. 좋은 것은 시간이 지나고 시대가 바뀌어도 좋은 평가를 받듯이 나는 옛날 책들이 좋았다. 예전에도 좋았고 이때도 좋았고 지금도 좋아하는 책은 『노인과 바다』이다. 이 책 역시도 여러 번역본을 봤다. 해설이 덧붙여진 버전도 보고 어린이용도 보았다. 대학에 와서는 필사도 해보고 교양수업에서 이 책으로 발표도 했을 만큼 여전히 좋아하는 책이다. 산티아고의 청새치 같은 존재가 나에게는 책이다. 붙잡기 어려웠고 함께하는 동안 힘든 일도 많았지만 언제나 나에게 영광과 환희를 가져다주는 존재이다.

고전 중에서도 구전으로 이어지던 소설을 좋아하는데, 구전 중 최고는 역시 『아라비안나이트』가 아닐까 싶다. 문제는 이 책은 같은 제목이더라도 수록된 이야기가 다르다는 것이다. 새로운 책을 볼 때마다 빌렸지만 겹치는 이야기가 많아서 전체를 볼 수 없다는 게 조금 아쉽다.

책을 보며 한때는 나도 천 일 동안 이야기를 써보려 했다. 이 정도로 책을 읽었으면 괜찮은 소설 하나는 뚝딱 쓰지 않을까, 생각했었다. 당연히 말도 안 되는 생각이었다. 그래도 성실함에 의의를 두고 일기든 뭐든 아무 이야기나 쓰기로 생각하고 고등학교 1학년 때부터 글을 썼다. 다만 주로 논설문이나 요약문, 사실에 기반한 글을 주로 써와서 소설 같은 글을 쓰기가 좀 어려웠다. 그래서 적당히 사실을 섞어가며 많은 글을 썼다.

아직도 기억나는 사건이 있는데, 학교에서 백일장이 열린다고 하여 산문을 택하고 제시된 주제어와 내가 쓰던 글 중에 맞는 것이 있어 종이를 더 받아 가며 열심히 글을 썼다. 제출하고 나서는 너무 잘 쓴 거 같아서 혹시 상을 받는 건 아닐까 기대했었다. 그런데 갑자기 담임 선생님이 부르더니 솔직하게 말하라고, 이거 어디서 베꼈냐고 물으셨다. 정말로 내가 지어내서 쓴 이야기라고 열심히 내 주장을 피력했으나 별로 믿는 눈치는 아니었다. 어디서 베꼈냐고 묻는다면 내 어머니의 삶에 상상을 더한 이야기라고 말할 수 있겠지만, 우리 엄마가 힘들게 살았다고 말하고 싶지는 않아서 그냥 내가 지어낸 이야기라고만 말했다. '잘 썼는데 혹시 어디서 영감을 얻은 이야기니?'라고 묻지는 못할망정 어디서 베꼈냐니, 그게 자기 학생에게 물을 말인가? 역시 선생님들은 다 공부 잘하고 이쁜 애들만 좋아한다는 세간의 주장에 나도 혹하고 넘어간 질문이었다.

그렇게 3년이 지나고 수능을 쳤다. 공부에 관심이 없었으니 당연히 수능 성적도 안 한 만큼 나왔다. 수시를 쓸 때는 사학과가 가고 싶었는데 인기가 없어지는 추세라 그런지 내가 갈 수 있는 대학은 사학과를 폐지하고 있었다. 수도권 대학을 가기에는 내 성적이 반대했다. 결국 어차피 수시니까 붙으면 가고 아니면 말고 하는 마음으로 어머니가 원하는, 잘 알지도 못하고 관심도 없는 대학의

학과들에 원서를 넣었고 당연히 다 탈락했다. 정시 원서를 써야 할 때, 담임 선생님은 내가 생각조차 해보지 않았던 학과를 추천해줬다. 처음 들어보는 학과였다. 정보를 찾아보니 내가 왜 진작에 이 학과를 몰랐을까, 싶을 만큼 나와 최적인 학과였다. 말 그대로 개안(開眼)했다. 새로운 세상이었다. 내가 지금까지 책을 읽고 책을 갈망하고 방황도 했지만, 다시 책으로 돌아왔던 것이 마치 이 학문을 배우기 위해서인 것 같았다. 그렇게 나는 지금 나의 멋진 신세계에서 새로운 사람으로 태어난 것처럼 살고 있다.

4. Happily ever after….

'영원히 행복하게 살았습니다.'라는 말은 아직 이른 말일 수도 있다. 나는 동화 속의 주인공이 아니다. 그렇지만 나는 내 삶에서 만큼은 가장 중요한 주인공이다. 내가 하는 일들은 행복하게 살기 위해 하는 것이다. 내가 지금까지 읽어온 수많은 책이 그 일들에 큰 도움을 줄 것이며, 나를 만들어 갈 것이다. 이제 곧 졸업하고 취업을 준비하게 된다. 동기들은 다들 전전긍긍하며 앞으로의 진로에 대해 아직도 고민하고 있다. 그에 비하면 나는 빠르게 진로를 정했고, 남은 것은 나아가기만 하면 되니 얼마나 다행인가 싶다. 대학 생활 중에 정신과 상담을 받으러 다닐 만큼 힘들 때도 있었지만 좋은 일이 더 많았다. 힘들었던 일들도 인생 경험 호되게 한다고 생각하고 좋게 넘겼다. 매일 내가 어제보다 나은 사람이 되어가는 것을 느꼈다. 완벽한 사람은 되기 힘들겠지만 '나'를 거의 완성해가는 것 같다.

부산으로 대학을 온 뒤엔 이전의 나와는 완전히 다르게 하고 다녔다. 여기서는 아무도 나를 몰랐다. 내가 어떤 학교를 나오고 어떻게 살았는지 모르는 사람들이었다. 마치 새로 태어난 것처럼 살았다. 내가 바뀌려고 노력한 만큼 내 삶은 풍요로워졌다. 왜 진작에 이렇게 하지 않았는지, 일찍 노력하지 않아서 아쉬울 정도다. 나에겐 신데렐라의 요정 대모도 없고 야수도 없고 백마 탄 왕자님도 없지만, 그런 요행들이 필요 없을 만큼 나의 매일은 행복할 것이라고 확신한다.

소설가 쥘 베른(Jules Verne)의

[80일간의 세계여행]을 읽으며

나도 꼭 한번 세계여행을

떠나야지 생각했다.

지금 나는,

내 인생 동반자(남편, 딸)와

전 세계를 누비며

여행하기를 꿈꾼다.

딸은 좋다

박새들

2014.09.29.

2015.08.20.

2016.04.14.

내 딸이 태어났다.

나는 결혼하면 누구나 엄마가 되는 줄 알았다. 주위 친구들은 결혼하고 얼마 되지 않아 임신 소식을 전했고, 자연스레 엄마가 되었다. 나 또한 그랬다. 하지만 그 기쁨은 오래가지 않고, 번번이 깨져버렸다. 매번 떠나간 아이를 생각하며 몇 날 며칠 눈물로 밤을 지새웠는지 모른다. '난, 엄마가 될 자격이 없는 걸까?'

세 번의 유산 후 무너질 대로 무너진 나의 마음은 어떻게 해도 회복이 되지 않았다. 세 번째 임신 소식은 부모님께 알리지도 않았다. 두 번의 유산으로 부모님도 크게 상심한 터여서 아이가 뱃속에서 건강하게 자리를 잡을 12주까지 남편과 둘만 알기로 했다.

다시는 아이를 잃고 싶지 않아 매일 링거를 맞고, 하루에 2번씩 배꼽 주변에 주사를 놓으며 하루하루 힘겹게 지냈다. 그렇게 조심을 했는데도 유산했다. 진료과장도 남편도 나도 도대체 뭐가 문제인지 몰랐다. 유전자 검사를 해도 아무런 문제가 없었다. 자연 임신은 되는데, 매번 10주 전에 유산이 되는지. 나는 그때부터 마음에 병이 생겼다. 가만히 있어도 눈물이 흐르고, 의욕이 없고, 더이상 나에게 아이가 찾아오지 않을 것 같은 불안감만이 가득했다.

무너져 가는 나를 일으켜 세우기 위해 남편은 모든 사활을 걸었다. 망가질 대로 망가진 나의 신체 건강을 회복해야 했고, 무너져버린 내 마음을 일으켜 세우기 위해 최선을 다했다. 내가 울면 같이 울어주고, 내가 아프면 시시때때로 살펴주었다. 회복 기간은 처음보다 3배 더 긴 시간이 필요했다.

그리고 남편은 나에게 혼자만의 여행을 선물해 주었다. 나는 보름간의 긴 여행을 떠났다. 파리와 런던을 걷고 또 걸었다. 나에게 핫플레이스는 중요하지 않았다. 파리 센강에서 바토무슈를 탈 때도, 런던의 노팅힐을 걸을 때도 나는 떠나간 아이를 생각했다. 그리고 이곳에서 잊기로 했다. 한국에 돌아온 나는 새롭게 출발할 준비가 되어 있었다.

다시 엽산과 비타민, 오메가3 등 목구멍이 터질 정도로 몸에 필요한 영양소를 섭취했다. 몸에 좋지 않은 인스턴트 음식과 밀가루를 줄이고, 커피는 되도록 마시지 않고, 따뜻한 물을 마시고, 하루에 30분씩 산책을 하며 하루하루를 보냈다.

그해 12월 겨울. 나는 임신을 확인했다. 그리고 나는 태몽을 꾸었다.

사방이 하얀 방 가운데 서 있는데, 파란색의 화려한 나비 한 마리가 내 얼굴 주위를 빙글빙글 돌더니, 갑자기 수백 마리의 화려한 나비들이 내 몸을 감싸며 빙글빙글 돌아 내 머리 위로 날아가는 꿈이었다. 나의 태몽을 들은 시어머니께서 딸인 것 같다고 말씀하셨을 때, 나는 너무 좋았다.

임신기간 열 달은 화려한 이벤트로 가득했다. 임신 출산 책에 나와 있는, 시기마다 일어나는 증상들이 나에게 모두 찾아왔다. 임신 초기에는 입덧이 심해서 위액을 쏟아내고, 자다가 코피가 터져 식겁하고, 세탁기에 빨래를 꺼내다 쥐가 나서 남편의 혼을 빼놓은 적도 있다.

나의 임신기간에 가장 큰 이벤트는 다름 아닌 1차 기형아 검사 때였다. 세 번의 유산에 간이 콩알만 해진 남편은 병원에 가는 날이면 늘 바쁜 척을 했다. "태아가 심장이 뛰지 않습니다."라는 말을 세 번이나 들었다면, 나도 모르게 내 심장도 멈춰버린 것 같아지기 때문이다. 그래서 초반에는 혼자 병원에 다녔다. 어느 정도 심장도 잘 뛰고, 주수도 안정기에 넘어갈 때쯤, 1차 기형아 검사를 하는데, 그날 같이 가기로 했다. 초음파실에서 다운증후군 검사를 하는데 "괜찮죠? 건강하죠?"라는 남편의 질문에 간호사 선생님께서 "자세한 건 진료과장님께 여쭤보세요."라고 하는 게 아닌가. 갑자기 서늘해진 분위기에 그때부터 우리의 심장은 미친 듯이 뛰기 시작했다. 검사지를 들고 진료실로 가서 설명을 듣는데, 목덜미 투명대가 조금 길게 나온 것 같다며 자세한 건 일주일 뒤에 나오니 따로 연락이 가면 병원에 오라는 말만 듣고 우리는 진료실을 나왔다.

일주일 뒤 병원 전화번호가 내 핸드폰에 떴다. 첫 전화는 받지 못했다. 나도 마음의 준비를 해야 하니깐. 몇 시간 뒤에 두 번째 전화가 왔고, 혼자 병원을 찾았다. 진료과장님은 나의 경우가 1:300 정도라서 확진이 아니다, 불안하면 양수검사를 통해 알 수 있다며 하겠냐고 물었고, 나는 하지 않겠다고 했다. 진료실을 나오는데, 오기 전의 불안함은 온데간데없이 왠지 모르게 기분이 좋아졌다. 그 후 남은 임신기간 동안 그 어떤 문제도 발생하지 않았다.

2017년 7월 21일 금요일.
드디어 기다리고 기다리던 그 날.
내 눈에 넣어도 아프지 않을 건강하고 예쁜 내 딸이 태어났다.
아싸!!!

나는 막내딸입니다

나는 딸 셋의 막내딸로 태어났다. 엄마 배 속에 있을 때 발로 뻥뻥 차며 격동적인 태동으로 엄마는 내가 아들인 줄 알고 '이제 발 뻗고 잘 수 있겠다.' 생각했다고 한다. 그런데 나는 고추가 달리지 않은 딸로 태어났다. 그것도 셋째딸. 집안의 밑천인 첫째도 아니고, '다음은 아들이겠지?'라는 기대를 할 수 있는 둘째도 아니고, 열 달 동안 아들이라고 한 치의 의심도 없이 믿었던 셋째가 딸이었다. 그 아이가 바로 나다.

나는 평생을 예쁜 언니 둘 밑에서 귀여운 막내로 자랐다. 지나가는 사람마다 딸들이 어쩜 이렇게 예쁘냐고 말을 하면서, 나에게는 "아이고 막내가 참 귀엽네."라며 나의 외모는 '예쁜'이 아닌 '귀여움'으로 '예쁜 딸들'에 끼워주지 않았다. 한날 엄마에게 물었다. "엄마, 나는 어때? 예뻐 안 이뻐?" 그랬더니 엄마의 답 또한 철옹성처럼 단호했다. "우리 막내딸은 귀엽지." 내가 분명 '예쁜지, 안 이쁜지' 물었건만 언제나 답은 정해져 있었다.

다른 막내딸과는 달리 나는 애교도 없고, 살갑지도 않다. 바쁜 엄마와 아빠를 대신해 나이 차이가 있는 언니 둘은 서로 앞다투어 나의 보호자 역할을 하려고 했다. 나의 유년 시절을 떠올려 보면 언니들과 같이 놀았던 기억은 없고, 언제나 훈수 두는 언니들만 기억에 남는다. 나에게는 4명의 보호자만 있을 뿐 자매는 없었다.

엄마도 막내딸이었다. 딸 넷에 막내로 태어나 지금 셋째 이모만 살아계시고 첫째 이모와 둘째 이모는 돌아가셨다. 딸 부잣집에 막내로 태어나 딸 셋만 낳았으니 엄마도 어지간히 싫은 소리를 들었을 거다. 거기다 큰언니가 첫딸을 낳았을 때는, 어찌할 바를 몰랐고, 다행히 밑으로 아들을 낳아서 엄마의 근심·걱정은 사라졌다. 그리고 엄마의 막내딸인 나는 마흔의 나이에 딸아이를 낳았다.

내 딸은 성별을 떠나서 우리 집안의 보물이다. 손에 잡으면 부서질까 봐 바닥에 눕혀놓고, 하염없이 쳐다본다. 발이 땅에 닿기도 전에 어른들의 손이 아이를 낚아채며 그렇게 손에서 손으로 자라고 있다.

몹시 추운 12월 엄마가 넷째 딸로 태어났던 날, 싱그러운 초록이 가득한 5월 내가 셋째딸로 태어났던 날, 가만히 서 있어도 땀이 줄줄 흐르던 7월 내 딸이 태어났던 날. 이 모든 날이 엄마에게는 한없이 소중하고 기쁜 날이었다는 것에 한 치의 의심도 없다. 왜냐고? 나를 닮은 내 딸이니깐.

외할머니, 엄마, 딸

나는 산후조리를 친정에서 했다. 두 달 정도 엄마 집에서 방 한 칸을 오롯하게 딸과 함께 썼다. 엄마는 아침저녁으로 내 밥을 챙기고, 나는 내 딸의 밥을 챙겼다. 하루에 한 번 딸아이의 목욕 시간에는 내 어릴 적 사용하던 것과 비슷한 빨간 대야가 방으로 들어왔다. 엄마는 아이의 배냇저고리를 벗기고 가제 손수건으로 물을 묻혀 꼼꼼하게 아이를 씻겼다. 그리고 엄마가 우리 딸 셋을 키울 때처럼 주전자에 담긴 따뜻한 물로 내 딸도 헹궈주었다.

뽀송뽀송해진 내 딸은 말간 얼굴을 방실방실하며 외할머니 품에 안겼다. 그러면 그때부터 우리 삼대는 이야기꽃을 피웠다. 엄마는 우리 키울 때 이야기를 자주 하셨다. 첫째 딸을 품에 안았을 때, 둘째 딸이 태어날 때 가정형편이 너무 어려워 아빠가 입던 속옷을 잘라서 기저귀로 사용했던 이야기며 셋째 딸이 태어났던 날의 이야기 등 엄마가 엄마가 되었던 날의 이야기를 매일 밤 셋이 나란히 누워 들었다. 어느 날은 내가 먼저 잠들고, 어떤 날은 내 딸이 먼저 잠들며 우리는 그렇게도 많은 이야기를 했다. 그 수많은 밤이 지나도 엄마의 이야기는 멈추지 않았다.

밤잠이었는지 낮잠이었는지 기억이 나지 않는 어느 날. 잠결에 구슬픈 노랫소리가 들렸다.

'엄마가 섬 그늘에 굴 따러 가면
아기가 혼자 남아 집을 보다가
바다가 불러주는 자장노래에
팔 베고 스르르르 잠이 듭니다.

동그라미 그리려다 무심코 그린 얼굴
내 마음 따라 피어나던 하얀 그때 꿈을
풀잎에 연 이슬처럼……'

"아이고, 나도 우리 엄마 보고 싶다." 하시면서 엄마가 내 딸을 등에 업고 울고 계셨다. 막내딸은 엄마를 제일 짧게 본다며, 엄마의 막내딸에게 더 잘해줬던 우리 엄마는 몇십 년 전에 돌아가신 나의 외할머니를 그리며 소리 없이 눈물을 삼키셨다.

나보다 내 딸에게 무한한 사랑을 베풀어주시는 우리 엄마. 내리사랑이라는 게 이런 것인가 싶다. 그리고 내 딸에게 든든한 비빌 언덕이 되어주는 외할머니가 있어서 나는 너무 좋다.

"빈아. 오늘 어디 가는 날이게?"

"오늘은 이만자 할머니 만나러 가는 날이야. 엄마. 오늘 할머니랑 할아버지랑 이만큼 하고 놀 거야."

자기 몸보다 더 큰 가방에 장난감이며 간식거리를 넣으며 오늘도 빈이는 내리사랑의 진국을 마시러 떠난다.

"오늘도 사랑 많이 받고 와. 그 사랑이 네가 성장하는 동안 좋은 자양분이 될 거야."

너의 여름 냄새

몇십 년 만에 폭염. 가만히 있어도 땀이 줄줄 흐르던 그 여름, 그 계절. 얼굴은 시뻘겋고, 울음소리는 쩌렁쩌렁하고, 시큼한 젖 냄새가 나고, 조약돌처럼 맨질맨질한 손가락과 발가락을 가진 세상에서 가장 작은 지구인이 나타났다. 아침까지만 해도 남산 만한 배 때문에 신발 앞코가 보이지 않았는데, 그날 오후 나는 나를 닮은 지구인과 처음으로 대면했다. "안녕. 만나서 반가워."

나는 여러 가지 이유로 자연분만이 되지 않아 35주째 되던 날 제왕절개 일정을 잡았다. 다행히도 그 전에 가진통조차 오지 않았고, 수술 날 아침에 일어나 샤워를 하고 병원에는 그 어떤 긴장감도 없이 두 발로 걸어 들어가 입원 절차를 마쳤다. 임신 동안 한 번의 의심도 없이 자연분만할 거로 생각했는데, 제왕절개라니. 처음의 충격은 잠시 접어두고 좋게 생각하기로 했다. 그때부터 나는 배 속의 아이에게 이렇게 말했다. '딱풀아. 수동문이 아니라 자동문이래. 잘된 일이다. 그렇지?

출산한 다음 날 나는 소변줄을 달고 딱풀이를 보러 신생아실로 갔다. '어떻게 생겼으려나? 출산하자마자 담당 과장님께서 아빠

닮았다고 했으니 남편의 어디를 닮았을까? 열 달을 품고 있었는데 엄마는 알아보겠지?' 부푼 기대를 안고 내려가서 딸아이를 처음 품에 안아 들자마자 나는 충격을 받았다. '뭐지? 왜 내 품에서 아이가 발버둥을 치지? 왜 이렇게 얼굴은 시뻘건 거야? 내가 모성애가 부족한가?' 나는 아이를 느끼기도 전에 수간호사 선생님께 뺏겼다. 수간호사 선생님 품에 안기자마자 무슨 마술이라도 부린 듯 아이는 울음을 그치고 배시시 웃기까지 했다. '배신자!' 수간호사 선생님은 다들 그렇다며 대수롭지 않게 말씀을 하셨지만, 나는 너무 섭섭해서 눈물까지 났다. 이런 배은망덕한 녀석! 당분간 태명인 '딱풀'이도 아니고, 엄마가 지어준 '보빈'이도 아니야. 넌 그냥 '지구인'이야.

우리는 수간호사 선생님이 없는 집으로 돌아와 어색하게 서로를 탐색했다.

더운 여름, 에어컨 속에서도 지구인에게는 시큼한 젖 냄새가 났고, 그 젖 냄새를 지우기 위해 하루에 몇 번씩 샤워했다. 하지만 우리는 여전히 똑같은 냄새가 났고, 나는 지구인의 냄새가 좋아서, 지구인은 나의 냄새가 좋아 둘은 온종일 안고 지냈다. 그러다 계절이 바뀌어 가을이 오고, 겨울이 오고 봄이 왔다. 그러면서 자연스럽게 우리에게는 그 여름의 냄새가 사라졌다.

다시 찾아온 여름. 이번에는 침 냄새다. 지구인의 침 냄새는 신기하게도 달았다. 턱이며 손가락이며 발가락까지 달곰한 침 냄새로 가득했다.

세 번째 여름이 왔다. 지구인이 아장아장 걷기 시작하면서 쿰쿰한 땀 냄새가 났고, 계절이 바뀌면서 그 냄새조차 사라졌다.

네 번째 여름. 이번에는 어떤 냄새가 날까 너무 궁금했다. 나의 모든 신경을 후각으로 집중했고, 버릇처럼 킁킁거렸다. 옳거니, 이번에는 시큼한 발 냄새로구나.

드디어 다섯 번째 여름이다. 과연 올해는 어떤 냄새로 나의 코를 자극할까? 여름이 끝나가는 지금도 땀 냄새와 발 냄새를 제외하고는 별다른 냄새가 나지 않았다. 그러던 어느 날, 내 무릎에 앉으며 딸아이가 머리를 내 코밑으로 들이댈 때, 나는 직감적으로 느꼈다. "아하! 올해는 머리 냄새구나." 작년까지도 딱히 구분할 만큼의 머리 냄새는 나지 않았다. 그런데 올해, 딱 다섯 살 여름에 명확하게 알아챌 만큼의 머리 냄새가 났다.

내 딸을 만나기 전 나의 여름 냄새는 온통 새콤달콤한 자두 향과 달콤한 찐 옥수수 향이었다. 빈이를 만나 이후로 나의 여름 냄새는 매번 달랐다. 시큼한 젖 냄새에서 달콤한 침 냄새, 쿰쿰한 땀 냄새. 손안에 쏙 들어오는 작은 발에서 나는 시큼시큼한 발 냄새. 그 쪼끔한 발에서 어쩜 그리도 달큰한 냄새가 나는지. 더운 여름 밤 딱 붙어 앉아 딸아이의 발에 내 코를 갖다 대고 킁킁거렸다.

그리고 48개월이 지난 올해 여름 '머리 냄새'가 나기 시작한다. 그리고 점점 우리에게 여름 냄새가 지워지고 있다. 과연 내년에는 또 어떤 냄새가 날까? 올해도 나와 너의 여름이 지나간다.

나는 내 딸을 키우며 나의 유년 시절을 복기한다.

나는 딸 셋에 막내딸이면서도 성격이 곰살맞지 않다. 사회에서 만난 친구들은 내가 막내라고 말하기 전까지 아무도 내가 막낸지 모른다. 대부분이 첫째라고 생각한다. 엄마에게도 냉정하게 말하고 붙임성이 없다. 그래서 그런지 엄마가 나 때문에 운 게 한두 번이 아니다. 쌀쌀맞은 막내딸이 집에 들어오면 한마디라도 붙여 보려고 문틈에 서서 이런저런 말을 하게 만든 배은망덕한 딸이 바로 나다.

그런 나에게 딸이 태어났다. 이 아이를 어떻게 키워야 할까? 내 딸에게도 냉정함을 유지하는 나에게 남편은 늘 말한다. "딸인데, 당신 딸인데 좀 살살해." 남편은 딸에게는 100% 항복이다. 그래서 딸도 안다. 아빠 서열은 자기 밑이라는 것을. 그래서 나에게 받은 스트레스를 벌써 아빠한테 푼다. 그래도 아빠는 무조건 OK다.

딸아이를 키우면서 나는 요즘 나의 유년 시절을 기억해보려고 한다. 근데 어찌 된 일이지 하나도 생각나지 않는다. 딸아이를 키우며 하루에도 수십 번의 사건 사고가 생기는데 나는 왜 기억이 나지 않을까? 요즘 한순간도 쉬지 않고 이야기하는 내 딸은 지금 다섯 살이다. 궁금한 것도 많고, 하고 싶은 것도 많고, 하기 싫은 것도 많다. 내가 생각한 나의 다섯 살과는 다른 내 딸의 다섯 살 인생. 신기한 듯 익숙한 듯 나는 내 딸과 함께 나의 다섯 살을 보내고 있다.

딸아이가 처음으로 내 품에 안겼을 때, 내 눈을 정확하게 마주 봤을 때, 내 손을 꽉 잡았을 때, 첫 밥숟가락을 입에 넣었을 때, 뒤집었을 때, 나를 향해 웃으며 기어 왔을 때, 첫걸음을 내디뎠을 때, '엄마'라고 불렀을 때. 아이를 키우며 수많은 첫 장면을 보면서 기뻐하는 동시에 나의 첫 경험을 떠올렸다. 내가 처음 '엄마'라고 했을 때 우리 엄마는 어땠을까? 내가 처음 첫발을 내디뎠을 때는? 나는 나도 모르게 내 딸을 키우며 잊혔던 나의 유년 시절을 복기한다.

어느 날 빈이는 나에게 말했다.

"엄마. 내가 비행기 태워줄게. 비행기 타고 가자. 좋지?"

나는 너무 놀랐다. 이게 무슨 말이지? 어디서 들은 걸까? 곰곰이 생각해보니 딸이 좋아하는 채인선 작가의 그림책 『딸은 좋다』라는 책의 첫 페이지에 적힌 글귀가 기억이 난 모양이다. 이렇게 내 딸은 너무도 나에게 곰살맞다. 아침에 일어나면 "엄마, 잘 잤어요."하고 내 품에 안겨 모닝키스를 해준다. 맛있는 게 있으면 "엄마도 먹어"라며 자기 침이 묻은 과자를 내 입에 넣어주고, 자기가 좋아하는 스티커도 과감하게 나에게 양보한다. "엄마 이거 갖고 싶어? 보빈이가 좋아하는 건데, 엄마 줄게. 혹시 엄마 다 놀면 나에게 줘." 나는 이런 말을 들을 때마다 '나는 엄마에게 이러지 않았는데.' 하며 늦은 후회를 한다.

아이는 100% 엄마를 신뢰한다. 한순간도 의심하지 않는다. 그렇지 않고서야 어떻게 이런 눈빛을 보낼 수 있을까 싶다. 아이의 눈빛이 어떤 날은 행복으로 어떤 날은 부담으로 다가오는 것도 사실이다. 아이가 믿는 만큼 나는 좋은 사람이 아니라는 생각. 나의 부족한 모성애로 아이가 외롭지나 않을까 하는 불안함, 더는 내가 해줄 수 있는 게 없으면 어떻게 하지라는 초조함.

나의 유년 시절은 떠올려 보면 언니가 둘이나 있었어도 외로웠던 것 같다. 바쁜 엄마·아빠, 나이 차이가 있어서 그런지, 취향이 달라서 그런지, 나에게 언니는 형제가 아닌 보호자였다. 그러다 보니 허물없이 친해지기가 쉽지 않았다. 같이 찍은 사진도 몇 장 없다. 있어도 내가 서너 살 때 같이 찍은 게 전부다. 그때부터 나는 혼자에 익숙해졌던 것 같다. 겉은 단단하게, 속은 외롭게 말이다. 그래서 유년시절의 기억이 없나?

나는 내 딸이 태어난 첫날부터 100일까지 사진을 찍어 백일 선물로 앨범을 만들고, 임신기간부터 첫돌까지 육아일기를 기록해 한 권의 책으로 돌 선물을 준비했다. 누가 보면 유별나다고 할 것이고, 누군가는 대단하다고 하겠지만 나는 나도 모르게 기를 쓰고 아이의 유년 시절을 기록했다. 나의 잃어버린 유년 시절을 딸로 인해 보상받기라도 한 듯 말이다. 그리고 외롭지 않게 매일 최선을 다해 함께한다. 남편은 스마트폰으로 기사를 보고, 나는 책을 읽고, 딸아이는 그림을 그려도 우리는 늘 한 공간에 살을 비비며 뭉쳐있다. 그래서 빈이는 "우리는 삼총사야. 아빠, 엄마, 보빈이. 맞지?" 이 말을 들으면 나도 모르게 행복해진다.

어느 날 주방에서 저녁을 준비하는데, 내 뒤에서 온종일 있었던 어린이집 이야기를 했다. 들릴 듯 말 듯 한 아이의 말에 간단히 대답하면서 찌개를 끓이고 있는데, 갑자기 아이의 말소리가 들리지 않았다. 뒤도 돌아보지 않고 "빈아? 빈아, 뭐해?"라고 말하고 뒤를 돌아보니 딸아이가 내 뒤에 서서 나를 보고 있는 게 아닌가. "빈아, 왜? 엄마한테 할 말이 있어?"라고 물었더니, "아니, 그냥 엄마 보고 있는 거야. 엄마 뒤에서 보빈이가 그냥 보는 거야." 딸아이의 말에 나도 모르게 눈물이 났다. 어쩜 이렇게도 무한 사랑을 보낼까? 내가 이런 사랑을 받아도 되는 걸까? 하염없이 눈물이 흘렀다.

'내 딸은 나에게 어떤 딸일까?'를 생각하기 전에 '내 딸에게 나는 어떤 엄마일까?'를 고민한다. 나의 바람은 부디 괜찮은 엄마이기를 바란다. 질척대지 않고, 사랑과 함께 신뢰를 주는 그런 엄마.

나는 오늘도 부지런히 딸아이와 함께 자라고 있다.

나의 친구! 무럭무럭 자라렴.

그리고 나의 엄마에게 묻고 싶다. "엄마, 나는 엄마한테 어떤 딸이었어요?"

딸의 역할

어린 시절의 딸은 그냥 천덕꾸러기다. 집에서 딱히 하는 역할도 존재감도 없이 자란다. 우리 집의 경우는 그랬다. 누군가 와서 아들 없다는 말로 엄마 속을 쑤시지만 않으면 그냥 평범한 집이었다.

근데 큰언니가 은행을 다니면서 우리 집 딸 셋에 역할이 생기기 시작했다. 우리 집의 기둥이자 정신적 지주인 큰언니. 당당하게 전국 5등으로 은행에 입사해 보란 듯이 집 경제에 보탬이 되고, 집에서 일어나는 모든 돈 관리를 맡아서 하면서 체계를 잡아갔다. 둘째 언니. 언니는 성인이 되면서 집에 일어나는 대소사의 행동자 역할을 했다. 엄마·아빠 병원에 가는 일에 늘 동행하고, 엄마의 그림자처럼 집안일을 가장 많이 도왔다. 그리고 막내딸인 나. 나는 뭐 여전히 존재감 제로를 맡으며 혼자 놀기 바빴지만.

그러던 어느 날. 엄마가 살며시 내 방으로 들어와서는 침대 가장자리에 떨어질 듯 말 듯 걸터앉으며 운을 떼는 게 아닌가.

"아이고, 나도 우리 막내딸처럼 여행 다녔으면 좋겠다. 겁도 없지. 어찌나 혼자 잘 다니는지."

그랬다. 나는 그동안 혼자 여행 다닌다고 바빴다. 그런 날 보며 엄마는 딸임에도 불구하고 늘 부러워하셨다. 나는 부모님이 여행을 좋아하지 않으신다고 생각했다. 그 누구도 그런 말을 하지 않았는데 말이다. 그때부터 나는 내 여행 적금뿐만 아니라 부모님과 함께 가는 여행 적금을 하나 더 부었다. 그리고 첫 여행으로 북경 여행 패키지를 예매했다. 나야 혼자 다니지만, 부모님을 모시고 자유여행을 가기에는 너무 부담이라 효도 관광으로 떠오르는 곳으로 정했다. 엄마·아빠 여권을 만들고 비행할 때 주의사항 등을 알려드리고 비행기를 탔다. 음식도 너무 빡빡한 일정도 모두 부모님에게는 힘들었지만, 그 여행을 시작으로 우리 셋은 부지런히 다녔다.

팀명 "막내들의 여행" 사실 엄마, 아빠, 나 모두 막내다. 북경을 시작으로 제주도, 서울, 오사카&고베, 태국, 남해, 거제도, 통영, 순천 등으로 여행을 떠났다. 그러고 보니 제주도는 3번이나 갔다.

매번 여행의 주제는 달랐다. 북경은 효도 관광 콘셉트. 제주도는 엄마·아빠가 가지 못한 신혼여행 콘셉트로 갔는데 이때 택시 기사님이 어찌나 유쾌하시던지 30년 전 신혼여행 콘셉트 사진에 나오는 포즈로 찍어주셨는데, 지금까지 그 포즈를 고수하며 사진 찍는 즐거움을 누리신다. 서울에는 아빠의 <가요무대> 방청이라는 미션을 수행하기 위해 한 달 전부터 방청권을 신청했고, 이왕 방송국

투어라면 <컬투쇼> 라디오까지 신청해서 연예인 구경을 실컷 했다. 오사카&고베는 자유여행으로 셋이 손 꼭 잡고 버스와 기차로 즐겼다. 내가 결혼한 이후 1년에 한 번쯤은 가까운 곳이라도 갔다. 엄마·아빠, 나와 김여사, 커플 여행으로 태국과 남해, 통영, 거제도 등을 다녔다. 그렇게 매번 떠나온 여행을 사진첩으로 남긴 게 10권이 넘는다. 그렇다. 나는 우리 집 여행가이드 역할을 한다.

얼마 전에 아빠의 팔순 잔치를 했다. 우리 집 안의 기둥, 큰언니는 식순까지 짜면서 빡빡하게 한 시간의 행사를 부모님 댁에서 진행했다. 감사패 증정, 선물 증정, 장기자랑, 난센스 퀴즈 등등. 누군가는 과하지 않냐고 하겠지만, 나는 큰언니의 이런 부담스러운 행동들이 우리 집을 시끌벅적하게 만드는 이유라고 생각한다.

큰언니의 수첩에는 나이 달력이 항상 앞표지에 있었다. 년도를 적고 그 옆에 아빠, 엄마, 우리 가족의 나이를 적어놓은 달력. 비고란에는 중요한 일들이 가득하다. 이제는 나도 내가 지키고 싶은 사람이 적혀있는 나이 달력을 가지고 있다. 아빠 수술로, 엄마 수술로, 코로나로 한동안 부모님과 함께 여행을 가지 못했는데, 내년에는 가까운 곳이라도 가게 여행지 한 곳을 비고란에 넣어야겠다.

'영시스터즈'의 행보는 앞으로도 쭈욱~.

내 딸이라고 생각해 주세요.

빈이는 친구가 좋은가 보다. 한 번도 그런 적이 없었는데, 얼마 전에 서점을 갔다가 또래 친구를 만나 그쪽에 따라가 버리는 게 아닌가. 뭐지? 늘 "엄마 손잡고"를 말하며 손에 땀이 나도 손을 놓지 않던 아인데, 이제는 "엄마, 안녕"하고 가버린다. 설마설마하고 지켜보고 있는데, 몇 분이 지나도 오지 않고 친구 뒤를 졸졸 따라다니며 놀고 있는 게 아닌가. 그 친구가 엄마와 가버리니 그때야 날 찾네. 난 그 순간 심장이 덜컹했다. 정말 아이를 잃어버리는 건 한순간이겠구나 싶다.

빈이를 만난 빈이 또래의 부모들은 늘 나에게 한마디씩 한다. " 아이가 어쩜 말을 이렇게도 잘해요?" 그러면 나는 그냥 웃는다. 하지만 또래 아이가 말을 아직 안 하고 있다면 꼭 해주는 말이 있다. 빈이는 말은 빠를지 모르지만, 몸으로 하는 건 엄청나게 늦었다고 말이다.

빈이는 대근육 발달이 늦어서 그런지 뒤집기고, 기는 것도, 걷는 것도 육아 책에 나오는 평균에 비해 말도 못 하게 늦었다. 뒤집는 건 100일 전후라고 하지만 7개월이 넘어서야 겨우 뒤집었고, 기는 건 11개월쯤, 걷는 건 16개월쯤 걸었다. 난 한 번도 늦다고 생각하지 않았다. 다만 엄마인 내가 아직 준비가 안 되어서 아이가 기다려 준 것으로 생각하고 고맙다고 했다. 그렇다고 주위에서 말이 없었던 건 아니다. "아직 안 뒤집어요?", "혹시 병원 가봤어요?" 등 수도 없이 이와 비슷한 말을 들었지만, 난 한 번도 그 말에 흔들리지 않았다. 의학적으로 문제가 없는 이상 언젠가는 뒤집고, 걷고, 뛸 거로 생각했다.

아마도 빈이 돌 때쯤이었나? 친구와 이런저런 이야기를 하다가 빈이의 발육상태 이야기가 나왔다. 아직 기는 것도 잘 못 한다고 했더니, 친구는 위로 아닌 위로의 말로 요즘 다들 늦다고 말해주었다. 그래서 나는 친구 딸은 어땠냐고 물었더니, 웃지 못 할 일이 생겼다. 친구는 나에게 이렇게 말했다(아니 이렇게 말한 것 같다). "돌 때 못 걸까 봐 얼마나 신경을 썼는지 몰라. 돌 전날도 못 걸었거든. 근데 돌 때 딱 걸어서 얼마나 다행이었는지. 못 걸었으면 창피할뻔했어."라고 말이다. 음, 이걸 어떻게 받아들여야 할까? 자기 자식은 시기에 맞게 못 걷는 게 문제인데, 남의 아이는 문제없다고 말할 때. 나는 어떻게 대처해야 할지 모르겠다.

빈이는 16개월 때쯤 밤에 안쓰러울 정도로 혼자 일어서고 넘어지고, 일어서고 넘어지고를 하더니 다음날 스스로 일어났고, 한

발짝씩 걸었다. 그 후로는 예전부터 걸었던 사람처럼 단단하게 걸었고, 넘어지는 일도 거의 없었다. 그냥 그 시기일 뿐이다. 아이만의 시기. 그건 아무도 모를 일이다.

내가 이 이야기를 길게 하는 건, 이날 빈이가 쫓아다닌 아이의 엄마 때문이다. 나에게 빈이의 나이를 물어보길래, 자신의 딸보다 동생인데 말을 너무 잘해서 동갑인가 했다고. 한 살 많은 아이는 아직 말을 못 한다고 했다. 못하는 게 아니라 안 하는 걸지도 모르는 일인데, 모든 사람이 '못한다'라고 못을 박아버린다. 그 못이 부모의 가슴에 피를 철철 흘리며 박혀있다는 것을 모르는 사람들처럼. 거기다 여자아이면 더욱 공격한다. 딸 가진 엄마는 가만히 있어도 그냥 죄인이 되어버린다.

나는 그 아이를 보며 말했다. "넌 목소리가 너무 이쁜가 보다. 그래서 아직은 우리에게 들려주기 싫은가 보다. 그렇지? 못하는 게 아니라 아직은 아닌 거지? 인어공주처럼 말이야." 이 말을 들은 아이의 엄마는 울먹였다. 지금 언어치료를 받고 있는데, 이것도 안 하면 안 한다고 여기저기서 말이 많아서 하는데, 사람들 말이 무섭다고 했다.

우리는 타인의 삶에 너무 쉽게 간섭한다. 자기네 인생을 막 흘러가게 내버려 두고, 남의 인생에 감 놔라 배 놔라 하는 꼴이라니. 상처받아 본 사람은 절대 이럴 수 없다. 그 상처가 얼마나 깊고 쓰라린지, 그리고 얼마나 주눅 드는지. 왜? 아이의 잘못됨이 부모의 잘못이 아니라, 엄마의 잘못이란 말인가. 엄마는 딸아이의 아픔을 자신의 아픔보다 더 아파하며 하루하루를 보내고 있다는 사실을 왜 비난하느냔 말이다.

얼마 전 드라마 <슬기로운 의사 생활>에서 태아의 식도가 막혀 뚫어주는 수술을 해야 한다는 말에, 시어머니가 "우리 집에는 그런 사람이 없는데, 결혼하기 전에 이것저것 검사해봐야 한다."라며 한탄하는 소리를 듣고, 안정원(소아과 의사) 교수가 한마디 하는 장면이 있었다. 시어머니를 향해 "친정어머님이시죠? 이 일은 따님의 잘못이 아닙니다. 만일 잘못이라면 아빠 엄마 반반이겠지요. 절대 엄마의 잘못이 아닙니다." 이 장면을 보고 통쾌하면서 차오르는 눈물을 막을 수 없어 펑펑 울었다.

나의 우는 모습을 본 딸은 "엄마, 눈물 나? 잠깐만 기다려봐. 내가 닦아줄게." 고사리 같은 작은 손으로 휴지를 가져와 흐르는 눈물을 꾹꾹 닦아주며 나를 꼭 안아주었다. "엄마, 괜찮아?" 나는 더욱 꽉 안으며 "사랑하는 내 딸, 엄마가 지켜줄게."라고 대답했다.

사랑하는 내 딸에게

안녕? 사랑하는 내 딸 보빈아. 엄마가 너한테 보내는 세 번째 편지야. 처음에는 널 가졌을 때, 두 번째는 무사히 첫 생일을 맞이했을 때, 그리고 오늘이야. 엄마·아빠와 함께한 모든 시간이 어땠어?

임신 33주쯤에 엄마가 좋아하는 잡지에 인터뷰를 한 적이 있어. 임산부를 대상으로 했는데, 마지막 질문이 '곧 세상에 빛을 볼 아이에게 한마디'였어. 그때 엄마가 뭐라고 했을까? 엄마는 이렇게 말했어. '딱풀아. 널 만나는 날을 손꼽아 기다리고 있어. 딱풀이는 건강하고 밝은 아이로 컸으면 해. 어느 날 네가 "엄마, 나 오늘 시험에 빵점 맞았어."하고 아쉬워하더라도, 결과에 연연하지 않고 다시 노력하는 너이길 바라. 벌써 너와 함께 다닐 여행을 꿈꾸는 엄마, 아빠는 학원에서 배우는 공부보다 경험으로 쌓은 공부를 더 중요하게 생각한단다. 엄마도, 아빠도 부모가 되는 게 처음이니까 네가 많이 이해해줬으면 한다. 알았지? 건강하게 만나자. 사랑한다, 내 딸'이라고 말이야.

엄마는 지금도 같은 마음이야. 엄마가 공부하고 있으면 옆에 와서 "엄마, 보빈이도 공부할 거야."라고 하면 엄마가 그러지, "무슨 소리야. 공부하지 말고 놀자. 지금은 놀 때야."라고 말이야. 공부는 때가 있는 것 같아. 미리 할 필요는 없어. 지금은 열심히 놀고, 나중에 공부할 때 앉아있을 수 있는 체력을 지금 키우는 거야.

넌 엄마 배 속에 있을 때부터 차 타는 것에 거부감이 없었어. 태어나서 카시트도 울지 않고 한 번에 탔지. 그때부터 넌 길 위에서, 많은 경험을 하고 있어. 엄마는 장난감보다는 비행기표를 사고, 키즈카페보다는 전시티켓을 구매했어. 주위에서는 어릴 때 가봤자 기억을 못 한다고 하지만, 너와 함께 다닌 모든 길에 넌 너만의 방법으로 즐기는 모습을 보고 엄마는 깜짝 놀랐어. 그때 엄마는 다짐했지. 이 모든 모습을 카메라로 담아서 너와 함께 다시 봐야겠다고, 네가 보지 못한 모습까지도 엄마는 열심히 담고 있어. 지금은 코로나로 해외여행은 가지 못하지만, 조심스레 국내 여행은 멈추지 않고 하는 이유도 바로 너의 여행을 응원하기 위해서야.

코로나로 여행이 쉽지 않게 되면서 우리는 산책을 더 좋아하게 됐어. 저녁 먹고 나서 아파트 중정에서 하는 산책도 좋고, 주말에 동백섬 산책하고 먹는 브런치도 좋고, 풀벌레 소리도 듣고, 공벌레, 왕개미를 피해서 하는 공원 산책도 좋아. 그러는 사이 너는 무럭무럭 자라서 산책선수가 되었지. 요즘은 엄마보다 더 잘 걷고, 엄마에게 이것저것 설명한다고 바쁘지.

요즘 네가 자주 하는 말이 뭔 줄 아니? "엄마, 보빈이 키 얼마에요?" 넌 요즘 키 크는 것에 관심이 많아. 매일 매일 키를 재는 곳에 와서는 물어보지. 그럴 때마다 똑같이 이야기해주지만 너는 매번 기뻐해. "엄마, 보빈이 많이 크죠? 엄마 배꼽까지 오죠?"하고 말이야. 다음에는 너는 무엇에 관심을 가질까? 이런 상상만으로도 엄마는 행복해.

엄마는 널 키우면서 스스로 약속한 게 있어. 첫 번째는 네가 조금 늦더라도 기다려 주는 것. 두 번째는 너의 취향을 존중해 주는 것, 세 번째는 너의 말을 끝까지 귀 기울여 들어주는 것. 네 번째는 소유가 아닌 한 사람의 인격체로 대하는 것, 마지막 다섯 번째는 네가 가는 길에 든든한 동행자가 되어주는 것. 그리고 "내가 너를 어떻게 키웠는데."라는 말은 하지 않으려고 해. 넌 너고 난 나니깐. 육아의 끝은 독립이라고 하더라. 네가 잘 독립할 수 있도록 엄마 아빠는 최선을 다해 도울 거야.

다섯 살밖에 되지 않았지만 네가 먼저 엄마의 기분을 풀어주고, 엄마가 기분이 좋지 않으면 옆에 와서 춤도 추고 노래도 불러주고, 엄마가 울면 뛰어가 휴지를 들고 와 "엄마, 눈물이 나? 내가 닦아 줄게. 또 눈물이 나면 이걸로 닦아. 알았지?"라고 그 작은 손으로 내 어깨를 다독여주는 너에게 엄마는 무엇보다 큰 위로를 받아. 넌 나의 딸이자 든든한 친구야. 네가 엄마를 선택해줘서 고마워.

오늘도 엄마는 너와 함께 할 여행 준비를 하고 있어. 이번에는 좀 더 긴 여행이 되겠다. 그치? 준비기간이 너무 오래 걸려 지루했지만, 드디어 며칠 뒤에 집을 떠나 새로운 곳으로 가. 태어날 때부터 아파트에 산 너를 위해 마당이 있는 이층집을 준비했어. 즐길 준비 됐지? 인생은 즐기는 자가 최고야. 우리 집 가훈이 뭔 줄 알지?

"인생 뭐 있어? 아니면 말고!"

애쓰지 말자. 내 딸, 사랑한다.

나는 끊임없이 누군가를

좋아하는 아이였다.

소방차를 시작으로

태지오빠와 HOT를 거쳐

현실오빠들을 좋아했다.

결국 남한산성같은

남편을 만나게 되었다.

현재, 지금, 누구보다

나 자신을 사랑하고 아껴주며

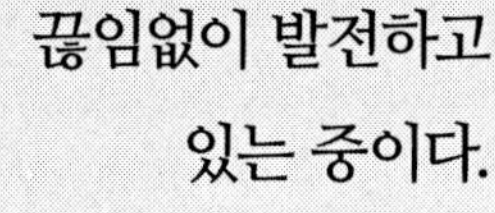

끊임없이 발전하고

있는 중이다.

딸의
딸에게

안 은 경

내 친구는 딸

"엄마, 엄마, 이것 봐봐. 엄청 귀여운 거야."

딸은 오늘도 인터넷에 올라온 귀여운 고양이 영상을 보여준다. 우리가 직접 키우지는 못 하지만 영상을 보는 것만으로 고양이 집사가 된 것 같다.

"이것도 봐봐. 우리 오빠들, 새 노래 나왔다!"

나는 '잘생기면 오빠'라며 딸에게 아이 같은 얼굴로 아이돌의 영상을 보여준다. 특히 아이돌 '매드몬스터'의 연습실 영상을 같이 보며 가상 팬덤 놀이에 푹 빠졌다. 우리는 멤버 중 개그맨 이창호를 닮은 제이호를 좋아한다. 뽀얗다 못해 투명한 피부에 유리구슬을 박아 놓은 듯한 눈, 마스크 너머로 보이는 뾰족한 턱선에, 비현실적인 외모의 소유자다. 너무나 좋다. 친정 언니는 그런 나를 '푼수' 같다 여기며 한심해했다.

"애들도 아니고, 아직도 연예인 좋아하나…, 에휴."

푼수 같아 보여도 괜찮다. 나는 딸아이와 13년 지기 친구니까. 친구 앞에서 점잖은 척하고, 권위 있는 척하는 게 더 한심해 보이지 않을까 생각한다.

우리는 재미있는 영상이 있으면 같이 공유하고, 딸아이가 올린 영상에 '좋아요'를 남기고 댓글도 달아준다. 그럼 딸도 나의 댓글에 하트를 꾹 눌러 마음을 표시해준다. 방학이면 어린 아들은 어린이집에 맡겨두고 둘이서 대학가를 거닐며 맛집 탐방을 한다. 한번은 베트남 정통 쌀국수집을 발견했다. 음식이 나오는 동안 베트남 여행 사진을 보며 그때의 추억을 이야기한다. 그러면 지금 여기는 대학로의 쌀국수집이 아니라 베트남에 있는 유명한 식당이 된다. 그리고 우리는 만화카페에 간다. 만화책을 쌓아 놓고 먹는 떡볶이와 쿨피스가 평소보다 훨씬 더 맛있게 느껴진다.

취미생활을 딸과 공유하고, 내가 좋아했던 음악을 같이 들으며 우리는 조금 더 친한 친구가 되어간다. 나를 엄마로 만들어준 고마운 딸과 함께.

만약 엄마가 살아계셨다면 나는 엄마와 좋은 친구였을까 고민해 본다.

엄마라는 친구의 부재

엄마는 21살에 처음으로 엄마가 되었다. 자녀들과 친하게 놀아 보지도 못했는데 엄마가 된 지 21년 만에 병으로 세상을 떠났다. 그때 내 나이, 16세.

본인의 삶을 오롯이 살아본 적이 있을까 싶을 정도로 바쁘게 살았던 엄마는 70년대 방직공장에서 근무했다. 엄마는 산업발달의 부품 같은 존재였다. 자식들을 위해 할 수 있었던 건 오직 생존에 필요한 식사 준비와 빨래 정도였을 뿐이었다. 우리에게 엄마의 보살핌과 다정함을 느끼게 해 줄 만큼 여유는 없었다. 그럼에도 그 당시 우리 삼남매는 엄마가 출근 전에 해놓고 간 따뜻한 고등어 조림과 호박잎쌈에서 엄마의 사랑을 충분히 느낄 수 있었다. 쉬는 날 없이 일해 온 엄마의 폐는 방직공장에서 뿜어져 나오는 미세먼지들을 덮어쓴 채 손쓸 겨를 없이 굳어졌다. 그렇게 우리 곁을 떠나고 말았다.

남아있는 우리의 슬픔은 충분히 위로받지 못했다. 우리는 누군가를 위로하는 것에 서툴렀고, 하루 빨리 일상으로 복귀하기에만 급급했다. 아빠 역시 남은 자녀를 어떻게 돌보아야 할지 막막했다. 그저 할 수 있는 건 성실히 직장에 나가 밀린 병원비를 갚아내면서 죽음과 슬픔을 회피하는 수밖에 없었을 것이다.

시간이 지나자 아빠의 겉모습은 점점 달라졌다. 원래 깔끔하고 단정한 분이지만, 그전보다 더 좋은 옷을 사 입고, 향이 좋은 목욕용품을 쓰고, 고급 스킨케어를 사용했다. 엄마가 돌아가셨는데 자꾸만 변해가는 아빠의 모습에서 이유 모를 불안감을 느꼈다. 그래서 아빠에게 나의 불안감은 숨긴 채 왜 그리 비싼 거만 쓰냐며 따지듯이 물었다. 그러자 아빠는 "홀아비 소리 들을까 봐 그라지. 꾸지리하고 홀아비냄새도 나봐라. 마누라 죽어서 꾸지리해졌다고 사람들이 흉본다."

나는 아빠의 말에 충격을 받았다. '마누라 없는 홀아비.' 이 말은 내 영혼에 문신처럼 각인되었다. 나 또한 '엄마 없는 아이' 라는 소리를 들으면 안 된다는 강박을 안고 살았다. 나에게는 무엇이든 엄마의 부재로 직결해버리는 말도 안 되는 자격지심이 생겼다.

결혼을 하고 첫 어버이날이 되었다. 시어머니 선물로 옷을 사드리고 싶은데 나는 50대 어머니들의 옷 스타일과 사이즈를 몰랐다. 옷을 고르는 센스가 없었기 때문에 일단 집 근처 등산복 매장에 갔다. 나름대로 고르고 골라 적당한 색깔에, 나보다 체형이 작다고 생각해 90 사이즈로 사 드렸다. 그랬더니 시어머니는 사이즈가 맞지 않아 바꾸러 다니느라 애를 먹었다며 다음부터는 옷을 사 오지 말라고 했다. 나는 조금 서글펐다. 50대 어른들의 옷 스타일과 사이즈에 대해 모를 수 있다. 그러나 엄마가 없어서 그런 것도 모른다는 자격지심이 발동됐다. 내 옷도 못 고르면서 시어머니의 옷을 못 고른 게 무슨 큰일이라고 서글퍼할까. 당사자는 대수롭지 않게 넘겼을 일을 나는 '엄마가 없어서 배운 게 없다'라고 볼까 봐 불안했다.

딸아이가 크고 나서는 옷을 살 때 꼭 딸을 데리고 옷가게에 간다.

"이거 봐봐. 색깔 어때? 어울려?"

그러면 딸은 찬찬히 살펴보고는 진지하게 얘기해준다.

"엄마는 이런 단색깔이 좀 더 나아. 오른쪽 옷 사."

엄마는 나에게 아무것도 가르쳐주지 못하고 가신 게 아니었다. 엄마는 누구에게나 배울 수 있음을 알려주고 떠났다. 딸은 나에게 친구이자 선생님이다. 예전에 서글퍼 했던 마음이 어리석었음을 깨달았다. 한 번에 모두 알려준다고 해서 다 이해하지 못한다. 시간이 흐르면서 서서히 알아가고 배워갈 수 있다. 모를 수도 있지. 그때 시어머니한테 물어볼 걸, 같이 가서 사드릴 걸 하는 생각이 들었다.

친정 가까이에 집안 대소사를 봐주시던 당숙모님이 계셨다. 아직 어렸던 우리 삼 남매를 위해 제사음식이나 명절 준비를 도와주던 숙모님이다. 하루는 동네에 유명한 막걸리집이 생겼다고 말했다.

"사랑이랑 가봤는데, 파전이 맛있더라."
"네? 사랑이가 벌써 술을 마셔요?"

나는 복잡한 감정을 느꼈지만 들키기가 부끄러워 사촌 동생의 성장에 놀란 척을 했다. 술을 마실 줄 몰랐던 엄마를 보고 자라 여자 어른들은 술집에 가지 않는다는 편견을 가지고 있었다. 술을 마시러 친구가 아닌 엄마와 같이 간다는 건 처음 듣는 소리였다. 숙모님이 하신 말씀이 너무나 부러워 견디기가 어려웠다. 내 속도 모르고 숙모님은 사촌 동생과의 경험을 즐거이 풀어놓으셨다.

"사랑이가 술을 엄청 잘 먹는다. 나보다 더 잘 먹어.
우리는 종종 먹으러 다닌다. 재밌다."

이야기를 들으면서 나는 또 서글퍼졌지만 다르게 생각을 해봤다.

'나도 딸이랑 그래야지. 술 마시러 다녀보고 같이 놀러도 가봐야지. 누구를 부러워하는 것이 아니라 그 부러운 삶을 살아봐야지.'

이제 13살인 딸과 술을 마시러 가기 위해 7년만 더 기다리면 된다. 20년도 기다렸는데 7년은 금방 가지 않을까.

딸도 엄마가 되겠지

딸이 생리를 시작했다. 가슴 졸이며 기다렸던 일이 시작되었다. 생리를 시작하면 내가 어떻게 축하해줘야 할지, 무슨 말을 해줘야 할지 몰라 또 걱정했다. 나는 누구나 겪는 이런 일로 축하받아 본 경험이 없어서 별걸 다 걱정하는 사람이었다. 주변에 물어물어 축하 파티를 해주고 생리대 사용법 등 나의 경험을 토대로 많은 일을 가르쳐주었다.

내가 생리를 시작했을 때, 나는 공교롭게 친척 집에 있었다. 자고 일어났는데 속옷에 빨간 피가 묻어있었다. 부끄럽고 당황스러웠다. 하필 엄마 없이 나 혼자 친척 집에 있을 때 시작하다니, 눈치 없는 내 몸을 한 대 때려주고 싶었다. 친척어른에게 배가 아프다는 핑계를 대고 아침 일찍 집으로 도망갔다. 어른은 당황하며 집에 가려는 나를 말렸다. 나는 극구 괜찮다며 집으로 왔다. 직장에 가 있는 엄마에게 전화를 걸어 고작 한다는 얘기가 "엄마, 올 때 생리대 사 와줘."였다. 엄마는 바쁜지 "알았다"는 대답만 하고 전화를 끊었다. 엄마는 퇴근길에 정말 생리대 하나만 사 왔다. 축하파티까지는 아니라도 '축하한다'나 '많이 놀랐겠다' 같은 따뜻한 말이 듣고 싶었지만 그조차도 엄마에게는 사치였나 보다.

내 딸에게는 내가 듣고 싶었던 말, 내가 경험했던 일들을 아낌없이 말해주고 있다. 딸도 20년 후에는 엄마가 되겠지. 나처럼 쓸데없는 불안과 걱정에 사로잡히지 않도록 '몰라도 괜찮다'는 것을 말해주고 싶다. 몰라서 불안할 때는 주변에 물어볼 수 있는 지혜를 알려주고 싶다. 딸도 그 딸과 친한 친구가 될 수 있도록 더 많은 시간을 함께 보내고 내 경험을, 내 기억을 공유하고 싶다.

엄마에 대한 기억이 잘 나지 않고, 엄마의 역할도 잘 모르겠다. 하지만 나는 누구에게서도 본 적 없는 엄마 모습을 딸에게 보여주고 싶다. 이렇게 제멋대로이고 철없이 굴어도 자식들을 사랑하는 마음만은 고등어조림만큼 따뜻하다고.

외전- 창호 씨의 일요일

창호 씨는 아침 6시가 되면 어김없이 일어난다. 부리나케 아침을 먹고 6시 30분에 출근을 한다. 일요일에도 몸속 시계에 맞춰 일어난다. 월요일부터 토요일까지 회사에 다니며 아내의 병간호를 하는 창호 씨는 피곤하지도 않나 보다. 아픈 아내와 피곤한 딸에게 일요일만큼은 늦잠을 잘 수 있는 유일한 날이다. 그런 식구들 마음은 아랑곳하지 않고 창호 씨는 취미생활을 즐긴다. 트로트 음악 듣기.

새벽 6시부터 동네 골목은 경쾌하고 시끄러운 뽕짝 소리로 쿵작쿵작 거린다.

"손대면 톡! 하고 터질 것만 같은 그대. 봉선화라 부르리."

가수 현철 아저씨의 구수한 목소리는 골목 입구에 있는 창호 씨 집 창문을 넘어 길모퉁이 까지 울려 퍼진다.

"아빠! 아직 새벽이다! 동네 사람들 다 깨겠다. 작게 좀 틀어라!"

흥겨운 노랫소리에 마지못해 잠에서 깬 딸은 이웃에게 폐가 될까 봐 신경이 쓰였지만 흥겨운 기분으로 잠을 깰 수 있어서 마냥 싫지만은 않았다. 그러면 창호 씨는 허허 웃으며 못 들은 척 더 흥겹게 따라 부르다.

"전국! 노래자랑!"

90년대에 <노래자랑>은 전 국민 최고의 오락프로였다. 창호 씨네 집도 역시 마찬가지다. 점심이 되면 온 가족은 송해 아저씨의 목소리로 떠들썩해진다. 딸은 '빠빠빠 빠빠 빠빠' 노래자랑의 시그널 음악을 따라 부르며 흥을 올린다. 창호 씨도 노래를 따라 부르며 즐거운 점심시간을 보낸다. 한 시간가량 점심시간을 보내고 창호 씨는 다음 일정을 소화하러 집을 나섰다. 중년 남녀들이 은밀히 즐기는 지르박댄스를 추러 콜라텍으로 간다.

키가 크고 마른 몸매에 옷차림도 말끔한 창호 씨는 콜라텍의 인기스타다. 아줌마들은 그런 창호 씨와 같이 춤 한번 추고 싶어 추파를 던져댔고, 창호 씨도 매너 있게 그녀들에게 손을 내밀어 즐거운 시간을 보냈다.

사실 창호 씨의 딸은 창호 씨에게 '춤바람 났다', '바람난다'라며 다니지 말라고 싫은 소리를 했다. 사람들이 아픈 아내를 두고 바람났다는 소리를 할까 봐 걱정되었고, 실제로도 그럴까 봐 걱정이 되었다. 하지만 춤은 아픈 아내를 병간호 하느라 지친 흥 많은 창호 씨가 스트레스를 풀 수단일 뿐 딸이 상상하는 그 이상은 아니었다. 그리고 딸이 우려하는 일은 아직도 없다.

창호 씨의 아내가 떠난 지 20년이 지난 지금, 아침 노래 듣기가 등산으로, 전국노래자랑 시청이 영화 채널로 바뀌었지만, 멋쟁이 창호 씨는 여전히 콜라텍을 다니고 흥이 많다. 이제는 그 딸이 창호 씨의 흥을 이어받아 아이돌 노래에 내적 댄스를 추며 아침 청소시간을 보낸다.

힘내요, 멋쟁이 창호 씨.

연이는 어린 시절 불렸던 이름입니다.

글을 쓰며 가족의 인연을 생각했습니다.

타로로 사람의 마음을 읽어 주고,

학교에서 아이들과 책으로 소통하며

살고 있습니다.

무엇보다 시절인연(時節因緣)의

특별함을 믿는 사람입니다.

인 연
(因緣)

연 이

어렸을 때는 전라남도 신안군 팔금면 외갓집을 자주 가지 못했다. 엄마 삶에서 친정은 마지막이었다. 엄마에게 경상남도 거제시 장목면 시댁은 명절과 행사 때마다 1순위였다. 아버지의 힘이었다. 아버지는 친가에서 3남 2녀 중 둘째였지만 장남처럼 인정받는 아들이었다. 아버지는 돈을 벌기 위해 베트남 전쟁에 자원입대했다. 그렇게 번 돈으로 땅을 사고 동생들을 시집, 장가보냈다. 그 덕에 가난한 농부의 아들이었던 아버지도 결혼자금을 모을 수 있었다.

내가 대학생이 되었을 때, 외할머니는 내 손을 잡고 어머니 이야기를 해주었다. 외할머니를 자주 뵙지 못해 들을 기회가 없었고, 내가 먼저 외할머니께 엄마 어린 시절을 여쭐 만큼 살가운 성격도 아니었다. 엄마는 외할머니 인생 후반을 살뜰히 챙겼던 자식이었다. 6남매 중 둘째 딸이었고, 가장 영리했지만, 어려운 형편으로 많은 교육을 받을 수 없었다. 외할머니는 당시에도 그것을 미안해하셨다. 엄마가 할아버지께서 소 판 돈을 훔쳐 부산으로 친구와 함께 도망친 이야기를 하면서도 서운해하지 않았다. 그렇게 집을 나간 딸이 나중에 가장 든든한 딸이 되었으니 마음을 풀었을 것이다.

엄마는 그 돈으로 자수(刺繡)를 배웠다. 학원에서 능력을 인정 받아 많은 일감을 해냈다. 나중에는 젊고 예쁜 이모부터 머리가 하얀 할머니까지 엄마에게 자수를 배웠다. 엄마에게 자수를 배우러 올 때마다 초콜릿을 주던 할머니도 생각난다. 자수를 배우던 사람들은 병풍이나 액자 크기에 맞는 사각형 틀에 밑그림이 그려진 부드러운 공단을 압정으로 팽팽하게 고정하고 알록달록 예쁜 실로 색을 채웠다.

엄마는 자수로 병풍과 액자를 만들어 파는 일도 했다. 당시 그런 물건을 사는 사람은 부유했다. 엄마는 어린 나를 혼자 둘 수 없어서 가끔 나를 데리고 물건을 배달했는데 가는 집마다 눈이 휘둥그레졌다. 좋은 집을 구경하는 것이 마냥 좋았던 시절이다. 아이를 키우는 엄마가 되어보니 어린아이를 데리고 다니며 힘겨웠을 엄마를 떠올리게 된다.

부모님 결혼사진 속 엄마는 한복을 입고 있다. 엄마는 결혼 날짜를 잡고 식을 준비하던 중에 갑자기 외할아버지의 부고 소식을 들었다. 부모상을 당한 해에는 결혼하지 않는 것이 통례였기 때문에 엄마는 결혼을 미루고 싶었다. 하지만 할머니는 미루는 것을 원하지 않았다. 할머니는 결혼 날짜를 받은 신부가 아버지의 장례에 참석하지 않으면 결혼해도 된다고 했다. 그래서 엄마는 아버지의 장례에 참석하지 않고 결혼했다. 아버지의 장례에 참석하지 못해 슬픈 엄마의 마음은 누구도 알지 못했다. 어떤 위로도 받지 못한 채 속으로 삼켜야 했던 슬픔이 엄마에게 아직도 응어리로 남아 있다. 아버지의 갑작스러운 부고 소식을 듣고 진행하는 결혼식이었다. 화려한 드레스를 입을 수는 없었다. 인생에서 가장 화려한 날 가장 소박한 한복을 입었다.

내 딸의 결혼식을 준비하며 엄마는 웨딩드레스를 입어보지 못한 것이 아쉽다고 하셨다. 왜 나는 엄마의 웨딩드레스를 미처 생각하지 못하고, 엄마의 한복을 깊이 생각하지 않았을까. 엄마를 위한 웨딩드레스를 준비하고 싶었지만, 시간은 우리를 기다려 주지 않았다.

베트남 참전의 후유증인지 아버지는 정년퇴직한 해부터 병명을 정확히 알 수 없는 증세가 나타났다. 다리에 힘이 빠지기 시작했다. 아버지와 함께 주차장 계단을 내려가는데 아버지는 '이상하다. 다리에 힘이 점점 빠지는 느낌이 드네.'라고 혼잣말하셨다. 아버지는 평소 운동을 좋아하셨다. 등산도 자주 다니셔서 일시적인 증상이라고 생각했다. 아버지의 긴 투병 생활은 그렇게 시작되었다. 아버지의 병명을 알지 못한 채 몇 해를 보내고 대학병원에서 정확한 병명을 들었다. '다발성 경화증'으로 인한 소뇌 기능 상실. 현재의 의료기술로는 치료와 완치가 어려운 병이었다.

"앞으로 7~8년 동안 증상이 점차 심해지고 보호자가 많이 힘들어지는 병입니다."

의사는 엄마에게 힘든 시간이 될 거라고 병에 대해 자세히 알려주었다. 시간이 갈수록 아버지의 증세는 점점 심해졌고, 전동 휠체어를 사용했다. 그마저도 어려워 침대에 누워 지내는 시간이 많아졌다. 소뇌 기능이 나빠지면서 배변 장애가 발생했고 언어사용도 힘들어졌다. 엄마는 권위적이고 보수적이던 아버지와 참 많이 다퉜지만, 아버지가 이 빠진 호랑이가 된 이후 정성스럽게 간호했다. 더불어 엄마의 자유가 사라졌다. 모든 것이 아버지 중심으로 움직였다. 가족 외식도 할 수 없었고, 여행도 갈 수 없었다. 외출할 때도 늘 시간에 쫓겨 마음이 급했다. 엄마는 그렇게 8년을 살았다.

나는 아버지와 대화를 나눌 수 있을 때, 귀여운 아들을 둔 엄마가 되었다. 세상에 쉽게 오는 인연은 없다. 인연을 알아보지 못하는 사람이 많을 뿐이다. 임신 8개월, 초음파 검사에서 다운증후군이 의심된다는 의사의 소견이 있었다. 정밀검사를 앞둔 2주는 아이와 인연을 귀하게 받아드릴 준비를 하는 힘든 시간이었다. 2개월 뒤, 2007년 크리스마스 다음 날, 아들은 건강한 모습으로 선물처럼 왔다.

몸이 불편한 아버지를 간호하느라 종일 몸이 고된 엄마에겐 정말 죄송했지만, 나는 출산휴가 3개월을 마치고 복직했다. 엄마 인생, 두 번째 육아가 시작되었다. 아들은 외할머니 손에서 응석받이로 컸다. 출근하며 친정에 아이를 맡기고, 퇴근하며 아이를 데리러 갔다. 나중에는 그것도 힘들어서 친정에서 출퇴근하며 지냈다.

둘째가 태어났다. 아버지의 병세는 더 나빠졌다. 세 살 아들과 태어난 지 얼마 되지 않은 딸까지 엄마에게 맡길 수 없었다. 다시 복직하기 전, 방문 요양보호사를 신청했다. 엄마 일을 덜고 싶었지만, 오히려 사람이 하나 더 많아진 꼴이 되었다. 요양보호사에게 아버지를 부탁하기 미안했던 엄마는 요양보호사에게 아이들을 잠시 맡기고 아버지의 수발을 자처했다. 꼼짝없이 누워 있는 아버지 삼시 세끼를 챙기고 뒤처리까지 했고, 잠시도 가만히 있지 못하고 돌아다니는 손자와 한시도 눈을 뗄 수 없는 6개월이 안 된 손녀까지. 엄마는 어떻게 한마디 힘든 내색도 없이 그 시간을 버텼을까.

그 무렵, 아버지의 하루는 깨어있는 시간보다 잠든 시간이 더 길어지기 시작했다. 보행 장애, 배변 장애뿐 아니라 언어장애까지 앓고 있던 아버지는 당신의 의사를 정확하게 전달할 방법이 없었다. 힘겹게 입에서 나온 단어로 엄마와 나는 아버지께서 어떤 말을 하고 싶은지 이리저리 맞혀서 묻기를 여러 번 반복했다. 어렵게나마 제대로 소통되면 아버지는 미소를 지었다. 아직도 기억나는 단어는 '사과'다. 갑자기 왜 아버지가 '사과'라는 단어를 힘겹게 말했는지 당시에는 엄마와 한참 실랑이하다 포기했다. 사과를 먹을 수 있는 상황이 아니었기 때문이다. 지금은 알 것 같다. 엄마에게 잘 대해 주지 못하고 자상한 남편이 아니었기에 '사과'하고 싶다는 의미가 아니었을까. 엄마도 젊은 시절에는 당신의 말을 들어주지 않던 고집 센 남편이었는데 지금은 말도 못하고, 눈만 끔뻑이는 모습에 마음이 편하지 않았을 것이다. 그래서 엄마는 더 장난을 걸고, 농담도 많이 했다. 그러면 젊은 시절 당신의 행동이 미안했던지 미소로 미안함을 대신하던 아버지였다.

아버지는 돌아가시기 전, 당신의 삶이 곧 멈출 거란 걸 알았다. 달력을 계속 쳐다보는 아버지에게 엄마는 왜 달력을 그렇게 보냐며 가는 날을 받았냐고 농담처럼 물었다. 당시에는 엄마도 아버지가 정말 그렇게 갈 줄은 모르고 했던 말이었다. 달력의 날을 하나하나 짚던 엄마에게 아버지가 멈추라는 신호를 줬다. 장난기가 발동한 엄마는 그날이 가는 날이냐고 물었고 아버지는 고개를 끄덕였다. 말도 되지 않는 소리 하지 말라고 엄마는 말했지만, 그 뒤로 몇 번을 그렇게 한 모양이다. 아버지가 선택한 날은 8월 31일이었고, 다음 날인 9월 1일은 오빠가 회사를 옮기고 처음으로 출근하는 날이었다. 엄마는 농담처럼 아들 회사 옮기고 아버지 장례로 첫 출근도 못하게 할 거냐며 그날은 안 된다고 했다.

그렇게 며칠이 지났다. 아버지의 숨소리는 나빠졌고, 병원은 절대 가지 않겠다던 아버지에게 엄마가 병원으로 가시겠냐고 물었을 때 그러고 싶다고 표현했다. 아버지는 대학병원 중환자실로 입원했다. 입원하기 6개월 전 아버지는 거실에서 넘어지는 사고를 당하셨다. 응급수술을 받으러 가실 때 이동식 구급 침대에 누워 아파트 입구를 벗어났을 때, 하늘을 보던 아버지의 눈이 기억난다. 그날은 하늘이 정말 푸른빛이었다. 하지만, 마지막 집을 떠나는 날, 아버지의 눈은 하늘을 보지 않았다.

대학병원으로 옮긴 아버지는 중환자실에 입원했다. 하루에 두 번만 면회할 수 있었다. 점심시간을 이용해 낮 면회는 내가 가기로 하고, 저녁 시간은 오빠와 엄마, 남편이 교대로 면회 가기로 했다.

그날도 낮 면회 시간에 맞춰 병원에 갔다.

그날은 오빠가 이직한 회사의 첫 출근일이었다.

면회 시간에 맞춰 중환자실에 들어가니 미동도 없이 아버지는 힘없는 모습으로 눈을 감고 있었다. 아버지 곁에 앉았다. 아버지는 의사소통을 전혀 할 수 없는 상태였다. 미리 의사에게 아버지의 상태를 들었다. 시간이 얼마 남지 않았다는 것을 느낄 수 있었다.

힘없는 아버지의 손을 잡았다. 아버지는 놀란 듯 눈을 떴다 다시 힘겨운 듯 눈을 감았다. 수건으로 아버지의 얼굴을 천천히 닦아드렸다. 지금의 내가 있기까지 아버지는 내게 너무 많은 것을 주셨다. 엄마에게는 권위적이고 불통처럼 대했지만, 딸에게는 무한한 사랑을 준 아버지였다. 내 머리카락을 잘라주고, 함께 영화 보러 다니고, 자상하게 운전 연수도 해 줬던 아버지에게 마음을 전하고 싶었다. 슬픔을 누르고 앞 문장은 용기 내어, 뒤 문장은 씩씩하게 말하려고 애를 썼다.

"아빠! 아빠는 정말 멋진 아빠였어. 최고였어!
고마워. 엄마는 내가 책임질게. 걱정하지 마.
내가 알아서 다 할게. 알지? 아빠 딸!"

아버지 면회를 마치고 사진관에 갔다. 얼마 전, 둘째 사진을 찾으며 아버지의 영정사진을 부탁했다. 오랜 투병 생활로 마땅한 사진이 없어 아버지의 가장 최근 증명사진을 건네며 부탁했었다. 영정사진을 찾으면 정말 아버지가 멀리 가버릴 것만 같아서 사진 찾는 것을 미뤘는데 그날은 꼭 사진을 찾고 싶었다.

영정사진을 찾아온 날 저녁, 거짓말처럼 아버지는 모든 걱정을 내려두고 갔다. 오랜 기간 투병 생활을 했지만, 병원으로 모신 지 3일 만이었다. 그렇게 빨리 떠날 줄 몰랐다. 어린 딸과 아들을 키우며 일하는 딸이 힘들까 봐, 어린 손주 둘을 봐주는 아내가 힘들까 봐, 새로 직장을 옮긴 아들이 힘들까 봐, 가족이 힘들까 봐. 그렇게 서둘러 떠나셨을까. 아들의 첫 출근을 위해, 엄마의 부탁을 외면할 수 없었던 아버지는 산소 튜브를 물고 엄마에게 알려준 날보다 하루를 더 버텼다. 아버지는 끝까지 그런 분이었다. 아버지께 멋진 아빠셨고, 최고였다고, 고맙다는 속마음을 전할 수 있어 감사했다. 내 말을 들은 순간 아버지는 행복하셨으리라. 그러니 모든 것을 정리하고 그렇게 빨리 갈 수 있으셨겠지.

둘째 딸은 아버지가 돌아가시던 해에 태어났다. 아버지 장례가 진행되는 동안 한 번도 보채지 않고 누워서 지냈던 순한 딸이다. 내가 아이를 안고 친정에 왔을 때, 몸이 불편했던 아버지가 팔에 안게 해 달라고 했던 그 손녀다. 아버지를 보내고 엄마의 일상은 다시 바빠졌다. 33개월 손자, 6개월 손녀 둘을 딸이 일하는 동안 홀로 돌봐야 했다. 아버지를 보낸 허전함이 금세 육체의 고단함으로 채워졌다. 엄마의 몸은 여전히 힘들지만, 웃음은 늘었다.

딸에게 1순위는 할머니다. 아이들과 함께 이바구길을 걷고 유치환 시인의 방에서 1년 뒤 배달되는 엽서를 쓴 적이 있다. 1학년이었던 딸은 삐뚤빼뚤한 한글로 할머니에 대한 사랑을 듬뿍 담은 엽서를 썼다. 4학년이었던 아들은 바른 글씨로 할머니에 대한 고마움을 담았다. 나 역시 엄마에게 사랑과 고마운 마음을 적었다. 평소 표현에 무딘 나와 엄마는 아이들을 통해 서로의 감정을 전한다. 엽서를 받고 감동하던 엄마의 모습이 떠오른다. 사랑은 표현해야 한다는 사실을 잊지 말자.

며칠 전, 엄마를 자동차로 모시고 일을 보러 갔다가 돌아오는 날이었다. 엄마는 차창 밖을 보며 '딸이 있어 참 좋다. 고마워.'라고 했다. 외롭지 않고, 든든하다는 말과 함께. 딸은 나이가 들수록 엄마의 친구가 된다. 나도 엄마의 친구가 되는 나이가 되었다. 곧 딸이 친구가 되는 때가 오겠지.

자식에게서 "엄마, 참 좋은 엄마였어."라는
말을 듣는 것처럼 복된 일이 있을까요?

『우리가 인생이라 부르는 것들』 (정재찬 글) 67쪽

나에게 아버지와 엄마는 말로 표현할 수 없이 '정말 참 좋은 아버지였고 엄마'다. 나도 그런 엄마가 되고 싶다. 이번 생(生)의 인연(因緣)이 더할 나위 없이 감사하다.

이.렇게

자.유로운

영.혼

그물에 걸리지 않는

바람처럼

자유롭게 살기를

희망 합니다♡

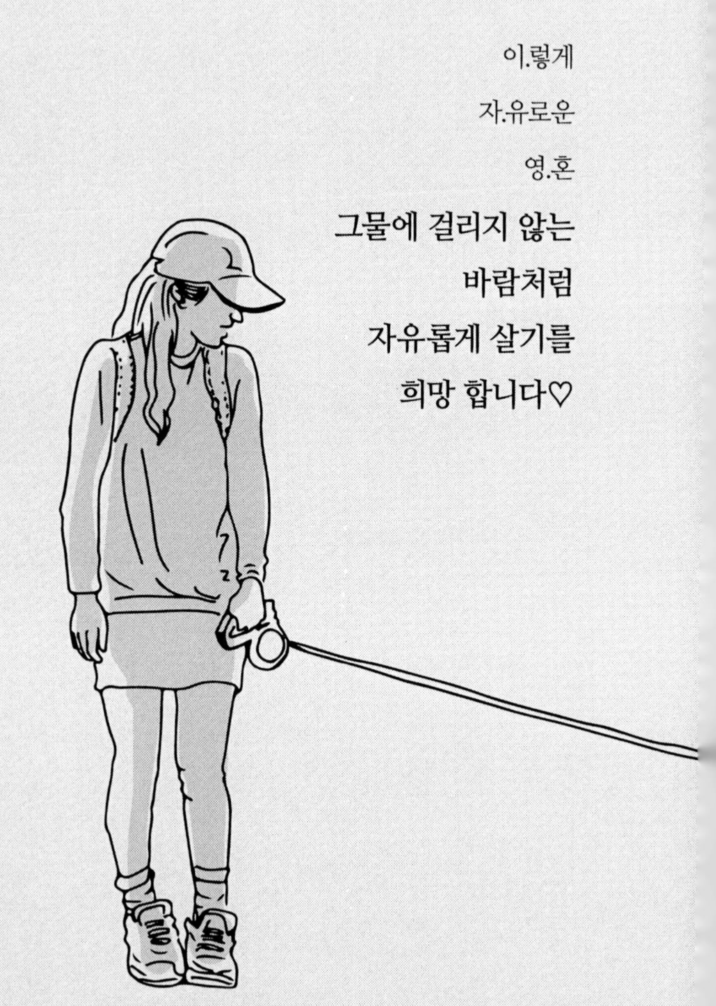

아무도 모른다

이 자 영

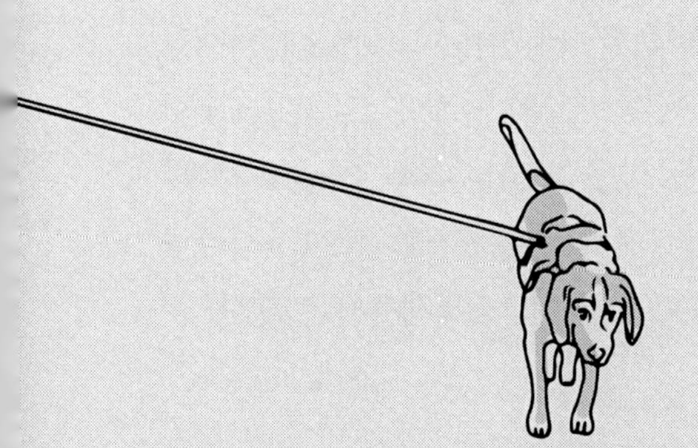

"진해 가요. 진해 가요."

그녀가 네댓 살쯤 할머니 집에서 지낼 때 안방에 오래된 미닫이 장롱이 있었다. 그녀는 장롱에 매달려 버스 안내양 흉내를 냈다고 한다. 고것도 눈이라고 본 건 있어서 따라 한다고 식구들마다 그녀를 보고 즐거워했다. 지금처럼 카메라가 흔한 시절이 아니어서 삼촌, 고모, 이모할머니, 동네 사람들이 할머니 집에 놀러 오면 그녀는 몇 번이고 재연해야 했다.

너무 어린 시절 일이라 기억나지 않지만, 그녀가 유치원에 가고 초등학교를 입학하고 중학교를 졸업할 무렵까지도 명절에 친지들이 모이면 그 이야기를 하는 바람에 이제는 기억이 날 것도 같다는 착각마저 들었다.

그러나 "진해 가요."라는 말 대신, 진짜 하고 싶은 말을 차마 하지 못한 답답함이라는 신체 반응만은 또렷이 기억한다. 그 단어만 말하려 하면 마치 목구멍을 코르크 마개로 막아 놓은 것처럼 소리를 낼 수 없었다. 바다에 빠진 왕자를 구한 것은 이웃 나라 공주가 아니라 바로 자신이라고 말하고 싶었지만 목소리가 나오지 않던 인어공주의 답답한 마음이 어떤 것인지 그녀는 그때를 생각하면 알 것 같다고 하였다.

음. 음. 음.

지금도 그때를 떠올리면 갑자기 목소리가 나오지 않으면 어쩌나 라는 불안감 때문에 그녀는 헛기침하며 목을 풀어본다.

그녀는 모든 어린아이의 미덕이라고 여겨지는 잠이 없었다고 한다. 낮잠이라도 중간에 자 준다면 어머니가 숨 돌릴 틈이 있었을 텐데. 잠귀도 밝고 여간해선 잠들지 않아 그녀는 스물두 살의 어린 엄마가 감당하기에는 버거운 아이였다. 그녀가 세 살이 되던 해에 남동생이 태어났다. 남동생은 그녀보다 움직임도 재빠르고 에너지가 넘쳐 육아는 더욱 힘이 들었다. 그녀의 아버지는 해군으로 한번 군함을 타고 나가면 짧게는 15일, 길게는 한 달 동안 집을 비워 육아는 오로지 어머니의 몫이었다. 보다 못한 할머니가 그녀를 잠시 데리고 있겠노라 하며 그렇게 할머니 집으로 가게 되었다.

어머니와 헤어진 채 할머니 집으로 오게 된 그녀를 홀로 남겨졌다고 생각하는 사람은 아무도 없었다. 식구들은 영문을 몰랐고, 오직 그녀만이 세상에 홀로 남겨졌다고 생각할 뿐이었다. 그렇다고 해서 할머니와의 생활이 나빴던 것은 아니었다. 오히려 어머니보다도 더 사려 깊고 모든 것을 그녀에게 맞춰 주며 지극한 사랑을 보여주었고 지금도 그녀는 할머니를 떠올리면 따뜻한 추억으로 가득하다. 다만 어느 날 갑자기 세상 전부라고 느꼈던 어머니에게서 떨어져 홀로 남겨진 그 충격이 더 컸다고 할 수 있다.

매일 그녀는 보고 싶은 어머니를 떠올리며 할머니 집 안방 장롱에 매달려 자신의 집이 있는 "진해 가요."를 말하면서 버스 안내양 놀이를 하였다. 이런 놀이를 하는 그녀에게 "엄마가 보고 싶구나." 또는 "집에 가고 싶구나."라고 마음을 헤아려 주는 사람이 한 명이라도 있었다면 얼마나 좋았을까.

그녀는 왜 "엄마가 보고 싶어요."라는 말을 하지 못했을까?

까탈스럽고 변덕스러운 데다 잘 울고 잠도 없는 아이는 본능적으로 자신이 사랑스럽지 않다는 것을 안다. 어른들은 많이 울고 짜증이 많은 그녀를 매사 의사 전달이 분명하다고 착각한다. 그러나 그녀는 남들보다 쉽게 불안해지기에 그렇게 많이 울고 보챘다. "보고 싶다" 말을 하면 엄마가 데리러 온다는 사실을 몰랐다.

그렇게 애타게 찾았던 어머니가 할머니 집으로 그녀를 데리러 왔던 날. 그녀는 어머니를 보자 마음과는 달리 똑바로 쳐다볼 수 없어 할머니 등 뒤로 숨었다. 그토록 마음속으로 불렀던 '엄마'라는 말도 목구멍이 꽉 막혀 나오지 않았다고 한다. 이런 자신의 모습이 이상해서 구석에 숨어서 "엄마"라고 연습도 해보았지만, 도무지 소리가 나오지 않았다. 그래서 한동안 그녀는 '엄마'를 부르지 않고 살았던 기억이 난다고 했다.

식구들 심지어 어머니마저도 그녀가 그때 '엄마'라는 말을 못 했다는 사실을 모른다. 아마도 눈여겨보지 않았거나 짧은 시간 안에 다시 말을 할 수 있게 되어서 그랬으리라 생각된다. 그러니 그녀가 커서도 식구들이 그 이야기를 아무렇지 않게 했으리라.

그녀는 그때의 일을 이야기하며 이런 말을 덧붙였다. 눈에 드러나는 상처는 쉽게 발견되고 빨리 치료받을 수 있지만, 반대로 눈에 잘 띄지 않는 상처는 치료 시기를 놓치고 속으로 곪아버릴 수 있다는 것을 알았다고 한다.

그녀가 마흔 살을 앞둔 어느 날, 함께 오래된 앨범을 보던 어머니는 대수롭지 않게 "진해 가요."를 말하던 철부지가 언제 이리 컸냐고 마치 행복했던 추억을 이야기하듯 했다. 마침내 그녀가 입을 열었다. 그때 엄청난 절망감을 느꼈노라고. '엄마'라는 말이 목이 메 나오지 않았다고. 그런 마음도 몰라주고 모든 식구들이 웃으며 그 이야기를 했었다고. 더는 그 이야기를 듣고 싶지 않다고. 그렇게 마침내 그녀는 목구멍에 꽉 막혀 걸린 코르크 마개를 빼낼 수 있었다. 그날 이후 어머니는 그녀의 어린 시절 이야기를 하지 않는다.

서핑은 배우지 않겠습니다

이 자 영

"송정 해수욕장을 가니 서핑을 배우겠다는 사람들이 참 많더라. 너도 배워봐."

조수석에 앉은 엄마는 운전하고 있는 나에게 지난주 송정 해수욕장을 다녀온 이야기를 했다. 해수욕장에서 서핑을 배우는 사람을 보고 온 뒤부터 엄마는 매년 여름이 되면 서핑을 배워 보라는 얘기를 우회적으로 '송정해수욕장에 가보자'라는 말로 대신한다. 나는 그것이 무슨 의미인지 알기에 못 들은 척 딴청을 부린다.

엄마는 늘 그랬다. 자신이 하고 싶은 것을 딸에게 강요했다. 나 또한 즐겁게 하였으니 강요라고 한다면 엄마가 조금 섭섭해할 것 같지만 지나고 생각해보니 엄마의 감독, 각본, 연출에 잘 응해준 배우 딸이었던 것 같다.

엄마는 어려운 형편 때문에 중학교밖에 나오지 못했고(평소 엄마는 사람들에게 여고 졸업을 했다고 이야기를 해서 내가 이런 얘기를 밖에서 꺼냈다고 하면 몇 날 며칠 속상해서 나하고 말도 안 할 것이다) 꿈도 많고 하고 싶은 것도 많았지만 22살이라는 어린 나이에 '엄마'가 됐다.

아마도 엄마는 엄마가 되기 시작하면서부터 딸의 감독 역할을 시작한 것 같다. 엄마의 기대에 못 미치는 내 외모는 어릴 때부터 관리 대상이었다. 한 번은 속눈썹을 잘라주면 길게 자란다는 이야기를 듣고는 내가 잘 때 속눈썹을 잘라주었는데 너무 짧게 잘라버려 졸린 데도 눈을 감지 못해 깜박거리고 울며 난리를 쳤다는 이야기를 들은 기억이 난다. 이런 엄마의 노력에도 불구하고 안타깝게도 나는 짧은 속눈썹을 가지고 있다.

평소 책 읽기를 싫어하는 엄마였지만, 한글도 떼지 못한 나에게는 전집을 사줬고 초등학교 입학 전 엄청난 양의 한글 공부와 각종 학습지를 하게 했다. 그러나 나는 엄마의 기대와는 달리 초등학교 입학을 한 달여 앞두고 겨우 한글을 뗄 수 있었다.

초등학교 1학년 때 일화가 지금도 생생히 기억난다. 첫 수업 시간에 담임 선생님은 반 아이들을 차례로 나오게 하여 칠판에 자신의 이름을 적어보게 했다. 첫 번째 관문임을 인식한 나는 긴장한 나머지 '이자영'라는 이름을 '이자여' 라고 적는 어처구니없는 실수를 했다. 선생님이 나를 자기 이름도 제대로 못 적는 학생으로 알면 어쩌나 걱정했던 기억이 난다.

초등학교 입학을 하면서 피아노 학원에 다니기 시작했다. 엄마를 닮아 손가락이 짧은 나는 피아노 교본 <바이엘> 상권의 손가락 번호 1, 5, 1, 5를 반복적으로 치는 부분에서 손가락이 찢어질 것 같은 고통을 느끼고 배우기를 중단하였다.

첫째인 나는 언니가 있는 아이들을 제일 부러워했고 어쩌다 알게 된 언니가 있으면 그 언니들을 잘 따랐다. 이런 나의 선호도를 아는 엄마는 동네에서 가장 공부 잘하고 명석하기로 소문난 언니를 섭외하여 자주 만나게 해주었다. 엄마가 따로 공부하라고 잔소리하지 않아도 나는 그 언니들의 공부 방법을 답습하며 자연스레 학업에 열중할 수 있었다.

그렇게 나는 엄마의 기대에 아주 완벽히 미치지는 못했지만 그리 벗어나지도 않는 모습으로 성장했고 내가 원하는 모습이 엄마가 원하는 모습에서 크게 벗어나지 않는다는 것에 문제의식을 느끼지 못하고 30대까지 보내왔다.

그러던 어느 날 너무나 사소한 일로 엄마가 나에게 실망하게 되었다.

내가 강아지 한 마리를 키우면서부터이다. 이 강아지가 엄마와 나의 관계에 이렇게 큰 변화를 주리라는 것을 당시에는 몰랐다. 큰 귀에 까만 아이라인이 짙고 네 다리가 다부지게 생긴 비글이라는 견종이었는데 활동량과 호기심이 아주 많기로 유명한 강아지여서 모두 키우기를 꺼렸다. 또 사람을 무척 잘 따라서 내 옆에 있지 않으면 울고 온종일 놀아달라고 칭얼대고 잠시도 나와 떨어지는 것을 허락지 않았다. 그리고 나의 물건은 모두 자기 것인 양

물고 뜯고 나의 공간을 점령하였다. 그렇게 나는 강아지 한 마리를 키워내며 내 생활의 모든 부분을 강아지에게 맞추어 살게 되었다. 그리고 동물을 구조하는 단체에서도 활동하게 되어 본업과 그 단체의 일을 병행하는 상태까지 되었다. 그런 내 모습을 보며 엄마는 내가 달라져도 너무 달라졌다고 했다. 온통 강아지뿐이고 다른 것에는 관심이 없다며 "네가 나를 이렇게 실망시킬 줄은 몰랐다."라고 했다. 동물을 키우면서 달라진 나의 가치관과 생활 패턴이 모두 엄마의 뜻에 맞지 않는 삶이라고 했다.

나는 엄마를 위해 살았던 적은 한순간도 없었다. 내가 하고 싶은 것을 하며 살았고 엄마의 뜻에 맞춰 살아야 한다고도 생각하지 않았다. 내가 좋아서 책 읽기를 즐겨하였고 다양한 취미생활을 하였으며 해외여행을 다니고 대학원에 입학하여 학업에 열중하였다. 그런데 이 모든 것이 엄마가 바라는 대로 살아온 모습이었다는 사실에 충격을 받았다.

이 충격적인 상황을 나는 엄마에게 알려야겠다고 마음먹었다. 엄마에게 폭탄선언과도 같았을 것이다. 나는 엄마가 바라는 미래의 모습으로 살지 않을 것이고, 엄마가 바라는 모습으로 살아야겠다고 생각한 적도 없다고 말이다. 나는 나의 자유의지로 모든 것을 선택해왔고 앞으로도 그렇게 살 것이고 엄마는 엄마의 인생을 살았으면 좋겠다고 이야기했다. 엄마는 내 얘기를 듣고 실망했다기보다 당황한 표정이 역력했다. 그렇게 우리들의 대화는 흐지부지 마무리되었던 것으로 기억한다. 나도 그때 어떻게 마무리가 되었는지 기억이 가물가물하다.

그런 폭탄선언을 하고 어느 날 엄마는 피아노를 배우고 싶다고 했다. 악보를 볼 줄 몰라 어려울 것 같아 배울 엄두를 못 내고 있었다고 했다. 그리고 자신은 무엇인가를 끈기 있게 하지 못한다는 이야기도 했다. 그런 엄마와 달리 안 되면 될 때까지 진득하게 하는 내 모습은 엄마 자신과 다른 모습이라고 하였다. 그 얘기는 나에게 일종의 고백처럼 들렸다. 그제야 나는 그때의 충격에서 회복할 수 있었다.

코로나19가 잠잠해지면 나는 엄마가 다닐 수 있는 피아노 학원을 등록해줄 생각이다. 키보드도 한 대 사주고 연습하는 것도 도와줄 계획을 세우고 있다.

그리고 서핑 슈트를 입고 파도를 가르는 서퍼들이 부러우면 엄마도 배워 보라고 이야기할 참이다. 나는 6개월 동안 수영을 배웠지만, 자유형도 못 하고 물이 무서워 절대 배울 수 없다고 이야기해야겠다. 내가 무엇이든 다 해낼 수 없다는 것을 말이다.

어린시절, 말 안들을때마다 엄마는

"으이구, 꼭 니 같은 딸 낳아봐라"며

악담인지 뭔지 모를 말을 했다.

엄마가 씻겨준 내 다리를 긁으며

짜증내던 DNA가

내 아이에게 전해졌다.

이게 업보인가?

순전한 엄마

임 봉

2021년 6월 25일

문으로 들어서자, 입구 양쪽에 앉아 나를 바라보는 직원 둘. 오른쪽에 멈췄다.

"퇴원 수속하러 왔습니다."

코로나 방역을 위한 필수 사항 기재 후, 체온을 쟀다. 36.4℃. 병원 출입을 허락하는 파란색 반원 스티커를 오른팔 소맷자락에 붙여준다. 수고하시라는 말을 남기며 승강기를 타고 엄마가 입원한 6층으로 향한다. '면회 금지'로 닫힌 입구에서 피어오르는 긴장과 망설임. 코로나 감염 예방 조치로 보호자 1인 외에는 면회가 금지된 병동. 그곳에 들어서려면 마음이 선득하다. 엄마가 입원한 시간 동안, 간병인에게 맡긴 출입증이 없어 문을 넘기 어려웠다. 오늘은 당당하다. 환자 퇴원을 돕는 보호자 출입은 예외이다. 병동에 들어서며 전화로 간병인에게 도착을 알렸다. 복도 맨 끝 5인실 안쪽 창가 병상. 엄마를 부르니 웃음꽃 핀 얼굴로 돌아본다.

"아이고, 우리 딸 왔다. 우리 딸 왔네."
"엄마, 오늘 집에 간다. 조금 있으면 간다."
"그래, 이제 여기 안 올란다."

그래요. 엄마 더 병원에 오지 맙시다. 속으로 되뇌며 입원하던 날을 떠올린다.

6월 15일 오전, 뇌경색으로 왼쪽 팔다리가 불편한 엄마가 재활을 위해 도수치료를 받았다. 10시 30분, 치료사의 부축을 받던 엄마가 두통을 호소했다. 앉아 기다리던 나는 벌떡 일어났다. 두통은 적신호다. 엄마의 뇌경색 사전 신호는 두통과 200mmHg까지 치솟는 고혈압 동반. 뇌경색 재발 신호를 확인하러 혈압계 앞에 섰다. 혈압도 높다. 189/60mmHg. 얼른 택시를 타고 가야 한다고 재촉하는 의식을 따라 집에 도착했다.

11시, 엄마와 소파에 앉아 트로트 경연을 보며 긴장을 내렸다. 잠시 물음에 대답 없는 엄마를 살피러 고개를 돌렸다. 순간, 심장이 '쿵!' 떨어졌다. 소파에 등을 기대고 오른쪽으로 몸이 기울어진 엄마. 곧이어 입이 오른쪽으로 돌아간 얼굴이 보였다. 몇 초, 사고 멈춤. 내 눈을 의심하며 일부러 말을 시키니 발음이 뭉개지고 말소리가 어눌하다. 뇌경색 재발. 119에 전화해 뇌경색 환자임을 밝히며 환자 상태와 4차례 재발 경력을 설명했다. 부들부들 떨리던 손과 격양된 목소리를 억누르며 구급대원을 기다렸다. 불안이 나를 잠식해 기다림은 억겁 같았다. 10여 분 만에 출동한 구급차를 타고 응급실로 들어선 그날의 기억. 오늘이 11일 만의 퇴원 날이다.

딸의 퇴원 알림에 다시 입원하지 않겠다고 응답한 엄마. 내 소원이다. 병원과 멀어지는 회복. 2020년 1월 4일 발병 이후 다섯 차례 재발한 뇌경색 탓에 긴장한 일상이 느슨한 평화를 되찾길 희망한다. 독립생활로 돌아갈 수 없다면, 재발만이라도 멈추기를 갈구한다. 넘어야 할 관문이 남아 더 간절하다. 엄마의 뇌경색은 혈관과 혈소판, 두 가지가 얽혀 발생했고 혈소판 문제는 미해결 상태다.

2020년 7월 재활병원 입원 시기, 정기 피검사에서 혈소판 수치 이상이 발견됐다. 급히 달려간 대학병원 혈액종양과 의사는 골수 질환 가능성 90%라며 골수 검사를 지시했다. 검사를 위해 뇌경색 예방목적의 아스피린을 끊은 4일째에 뇌경색 재발. 당시에는 뇌경색 거듭 발생을 우려해 골수 검사를 포기했지만 기대와 달리 뇌경색이 연달았다. 2020년 9월 2차 3차 재발, 아스피린보다 강력하게 혈전 형성을 억제하는 항응고제 복용. 뒤이어 2021년 2월 4차 재발, 항응고제와 아스피린의 최대치를 복용 중이었는데도 4개월 만에 5차 재발했다. 다섯 번의 재발로 골수 질환 치료가 급해졌다. 처음으로 뇌경색을 유발하는 혈관 문제와 혈전 증식하는 혈소판 문제의 중요성이 동일선상에 위치했다.

엄마의 혈관은 혈전이 쌓여 울퉁불퉁하다. 혈관이 막히는 뇌경색이 발생하기 쉬운 상태. 좁아진 혈관은 뚫기도 하는데 엄마의 혈관은 건드릴 수 없다. 문제 혈관은 미세하고 숨골로 연결되는 중요 부위이다. 혈액을 묽게 만드는 약으로 예방 중이다. 더불어 병명을 밝히지 못한 골수 질환으로 혈소판이 이상 증식하여 혈전이 계속 쌓인다. 골수 검사는 재도전할 수 없다. 뇌경색 재발은 위험하다. 환자의 목숨 건 경험을 통해 의사는 혈소판 증식을 막는 항암제로 혈전과 혈소판을 관리하는 방법을 선택했다. 항암제가 혈소판을 감소시켜 혈전 생성을 차단했고, 항응고제와 아스피린으로 혈액 응고를 막았다. 이론으로는 뇌경색이 더 찾아오기 어려운 환경을 조성했다. 정기 검사로 관리할 뿐 치료 불가, 예방만 가능하다.

모든 과정을 나와 함께 겪은 엄마는 큰딸이 자신을 살렸다고 말한다. 자식들 가운데 첫째인 나를 믿고 의지하며 네 살 아이같이 변한 엄마. 언제나 나를 기다린다. 병원에 입원했을 때나 아버지와 같이 계시는 집에서도 마찬가지다. 주말이라 쉬다가 엄마를 보러 가면, "딸아! 어디 갔다 이제 왔노?"라며 반기는 엄마. 요양보호사와 함께 있을 때 내가 들어서면 "이제 갈란다. 집에 가자"며 요양보호사에게 작별을 고하는 엄마. 여러 감정이 밀려온다. 늘 미안하다고 말씀하신다. 나는 괜찮아. 자식들이 엄마를 돌볼 차례가 된 거야. 엄마 자신만 챙기면 돼. 첫 자식으로 태어나 엄마의 사랑과 보살핌으로 자랐다. 40년이 지나 입장이 바뀐 돌보는 딸과 아픈 엄마. 우리 티격태격 마음이 안 맞더라도 또 아프지 말고 자식들이랑 오래오래 살자. 응?

이 글은 우측 후두엽을 강타한 뇌경색 탓에 인지를 잃은 엄마를 돌보는 딸이 기록하는 엄마에 관한 이야기이다. 처음 엄마의 삶을 기억하고 기록하자고 마음먹었을 때는 20여 년 전이었다. 90년대 후반 대학에서 페미니스트로 정체화하며 나는 엄마가 애처로웠다. 엄마의 인생과 현재가 숙제였다. 그 삶을 통해 내가 페미니스트가 되었기에 엄마를 글로 남기고 싶었다. 하지만 내 인생을 챙기느라 잊고 살았다. 내 삶을 기록하는데 바빴다. 변명이다. 여태 미루다가 엄마의 병환 앞에서야 부랴부랴 시도한다.

딸이 본 엄마는 어떤 사람인지, 엄마에게 읽어줄 수 있는 글을 쓰고 싶다. 엄마가 잊어가는 과거, 엄마의 사랑으로 네 남매가 어떻게 컸는지 남겨야 한다. 캐럴라인 냅은 자식이 더 부모에게 복종하지 않아도 되지만 아직 부모가 건재한 시기를 '부모님 은혜의 시기'라고 명명했다. 내게는 엄마의 곁을 떠나고 맞은 최근 10년이었다. 서로의 안부를 묻고 카페에서 만나 수다 떨던 '부모님 은혜의 시기'는 예고 없이 떠났다. 더 늦어지기 전에 기록한다.

여자는 어떻게 엄마가 됐나

여자는 서른한 살 되던 해인 1979년 2월에 쌍둥이 자매를 낳고, 80년 12월에 딸, 82년 11월에 아들을 낳았다. 여자는 세 딸과 한 아들의 엄마가 되었다. 쌍둥이에 연년생까지 존경스러운 터울이다. 경상남도 하동에서 여자의 결혼 생활은 시작됐다. 요즘 임산부들은 매달 초음파로 태아를 만나고 여러 검사로 출산 준비하며 아이를 기다리지만, 40여 년 전 산골에서 쌍둥이를 임신한 여자는 병원에 제대로 못 갔다. 그저 비상식적으로 커다란 배를 보고 쌍둥이구나! 직감했다. 산달이 가까워져 배가 엄청나게 불러서 이웃들이 배 위에 그릇을 올려도 되겠다며 놀랐다. 바가지를 뒤집어 놓은 모양의 둥그스름한 배가 아니라 앞으로 불룩하게 솟아서 젖가슴 아래로 평평한 자리도 만들어졌던가 보다. 그렇게 쌍둥이를 잉태한 여자는 말라비틀어진 얼굴에 배만 커다래진 몸을 하고 시어머니를 봉양하고 남편 수발을 들다가 친정에서 쌍둥이를 낳았다.

엄마는 쌍둥이를 배서 제대로 못 먹었다고 종종 회상했다. 혼자 두 생명을 먹이며 분투한 엄마. 작은 체구에 첫 임신이 쌍둥이라니 얼마나 힘들었을까. 시집살이의 고단함도 버거운데, 두 태아에게 영양분을 뺏겨 빼빼 말라 가던 한 여자를 떠올리면 절로 한숨이 나온다. 아유, 나 같으면 밥상을 엎었을 텐데 착한 엄마는 시어머니와 남편 밥상을 줄곧 차렸겠지. 엄마를 돌보지 않고 도리어 기생한 두 사람이 밉다.

엄마가 쌍둥이를 낳던 날, 내가 태어나던 날 이야기는 여러 차례 들었다. 김해까지 데려다주지 않으면 혼자 가겠다고 아버지에게 진심 반 협박 반, 으름장을 놓아 친정에 도착한 지 3일 만에 진통이 시작됐다. 종일 아팠던 진통 끝에 쌍둥이 중 내가 세상으로 나왔다. 엄마는 앓던 이가 빠진 듯이 편해져서 잠이 들었다. 간호사가 "엄마야, 하나 더 낳아야 하는데 산모가 잔다."라며 당황했다. 극도의 긴장과 고통이 일부 해소되어서 그랬을까. 엄마의 편안함은 쌍둥이에게 특이한 생일로 돌아왔다. 보통 쌍둥이는 같은 날 몇 분 차이로 태어나지만 우리 둘은 생일이 다르다. 나는 밤 22시, 동생은 새벽 1시에 각각 나왔다. 산모는 자고 아이는 나오지 않아 3시간의 시차가 생겼다. 자정을 전후한 시각이라 생일이 달라진 쌍둥이다.

세 시간 동안 나오지 않던 동생의 머리를 기계로 잡고 당겼다. 기계에 잡힌 자국은 동생의 두피에 남아 성인이 되어가던 때에

아물었다. 상처에 머리카락이 자라기 전까지, 장난기 많던 나는 심심하면 동생 머리를 헤집어서 그날의 증거를 찾곤 하였다. 나중에 동생이 하지 말라고 화를 내서야 그만뒀다. 동생아 미안하다.

쌍둥이는 긴 시간 함께 자라지 못했다. 엄마는 100일 정도 쌍둥이를 키우다가 동생을 친정에 보냈다. 쌍둥이가 밤낮을 바꿔가며 놀아서 엄마는 잠을 잘 수 없었다. 한 녀석이 밤에 깨고 다른 녀석은 낮에 깨는 상태가 지속됐다. 남편과 시모의 도움은 없었다. 엄마도 살아야 하니까 선택해야 했다. 산후 조리도 못 한 채 24시간 어린 아기를 돌보았을 고단함이 눈물겹다. 나는 젖만 찾아서 먹성 좋은 동생이 외갓집에 갔다. 여섯 살에 동생은 집으로 완전히 돌아왔다. 그 사이에 셋째, 넷째가 태어났다.

셋째는 어릴 때부터 착했는데 태어날 때도 엄마가 아프지 않게 쉬이 나왔다. 요 착한 셋째 딸은 한 해가 저무는 12월 막바지 아침에 태어났다. 새벽 4시부터 배가 아프던 엄마. 오토바이 뒷좌석에 타 아버지 허리를 잡고 김해 산부인과로 갔다. 아침 6시 셋째가 나왔다. 셋째 출산은 한마디로 "수월했다"고 엄마는 표현했다.

내 기억은 넷째가 태어나던 날이 또렷하다. 네 살 늦가을, 엄마가 아기를 낳는다며 셋째와 나는 이웃 할머니 집에 맡겨졌다. 이

모와 둘째도 같이 넷째를 기다렸다. 아버지가 넣어준 과자를 먹으며 시간을 보냈다. 넷째는 안방에서 산파 도움으로 태어났다. 외할머니도 같이 계셨는데, 산파가 자꾸 배를 가슴께에서부터 쓸어내리자 불안했다. 출산이 순조롭지 않은 모습에 아기가 잘못될까 봐 걱정이 컸다. 나중에 왜 집에서 낳았냐고 엄마에게 여쭈니, 또 딸일까 봐 겁나고 면목이 없어서 병원에 못 갔다고 했다. 아들이 뭐라고 딸이 어때서 위험을 감수했을까. 아버지가 "아들 못 낳으면 다른 데서 낳아오겠다."고 엄포를 놓았으니 엄마 마음은 오죽 답답했으랴. 혼외자식을 둔 엄마의 원 가족에 대한 트라우마도 한몫했으리라. 태아의 성별 결정은 정자 몫이라는 상식이 없던 때라 모든 게 임신한 여자 탓이었다.

글을 쓰다 보니 넷째가 태어나기 전 기억이 떠오른다. 엄마가 동생 또 낳을까? 물어서 싫다며 이미 동생 많다고 답했다. 나도 어린데 동생들이 줄줄이 달려서 관심과 애정을 나눠야 하는 상황이 마뜩잖았다. 내 대답과 상관없이 동생은 태어났다. 엄마는 아들을 낳고 출산을 멈췄다. 그래서 아들이 좋았다고 고백한 엄마. 동서양을 막론하고 남성 중심 사회는 아들을 낳아 아내의 의무를 다하도록 성문화했다. 종교가 선두에서 설파하고 사회 통치 방식으로 수렴했다. 자식 낳는 도구가 되어 아들의 어머니로서만 존중받은 역사(『아내의 역사』, 메릴린 옐롬, 2012). 남아선호사상으로 일컬어지는 통념을 내재한 여성에게 가해진 남편의 이중 압박은 강력하게 작용했으리라. 성별로 분절된 대우와 의무 이행이 요구되는 시대에 여자는 엄마가 됐다.

따뜻한 품

키 150대 중반의 엄마는 아이들에게 무서운 아버지를 막아주는 방패였다. 엄마보다 20cm 정도 큰 키, 체중 100kg에 육박하던 체구, 목청이 크고 눈이 부리부리한 아버지. 아버지에 대한 첫 기억부터가 다정하지 못하다. 네다섯 살 무렵 땅거미가 지는 어스름녘, 불그스름한 노을빛이 비치는 나지막한 언덕 쪽에서 박쥐가 날개를 퍼덕이며 날아오는 농촌 풍경. 마당에 주저앉아 흙장난을 치며 놀다가도 "부아아앙" 오토바이 소리가 들리면 부리나케 일어나 엄마에게 뛰어갔다. 요즘 네다섯 살 아이들은 부모들이 절절매며 기분을 맞춰주는 집안의 실세이다. 울음이라도 터지면 어르고 달래기 바쁜 집안의 절대강자. 이성적인 논리로는 말이 통하지 않는 어린 나이가 네다섯 살이다. 내 네다섯 살에는 아버지 눈치를 살폈다. 버럭 지르는 고함에 몸을 움츠리고 엄마 뒤로 숨었다. 아버지가 가르쳐준 숫자를 익히지 못했다고 집에서 쫓겨나 별도 뵈지 않는 깜깜한 어둠 속에서 벌섰다. 지나가던 동네 언니가 "괜찮아?" 물어주던 밤. 집안에서 들리는 아버지 목소리에 몸이 움찔거렸다. 도깨비보다 무서운 아버지.

성인이 되어도 마찬가지였다. 대학 시절, 밤 10시 통금. 최소 1시간 30여 분이 소요되던 통학 거리는 큰 장애물이었다. 무수한 교류와 친목, 논의와 토론의 장을 뒤로 한 채, 무리 가운데 먼저 집으로 향했다. 애면글면 애썼는데도 밤 10시 즈음에야 간신히 다다른 집 어귀. 갑자기 등 뒤로 비쳐오는 헤드라이트 불빛에 놀라 전력 질주했다. 뒤돌아보지 않아도 알 수 있었다. 아버지 차의 불빛. 이 속도는 나를 봐주는 제스처일 뿐이다. 부릉부릉 엔진 소리는 마치 먹이를 쫓는 맹수의 으르렁거림 같았다. 치타에게 잡히기 전의 임팔라 같았던 나. 더 빨리 뛸 수 없어 가슴이 터질 듯했다. "아, 몰라 난 최선을 다했다고!" 헉헉거리며 집으로 들어서면, 엄마가 나를 방으로 밀면서 아버지를 맞았다. 다 들어왔다며 엄마가 선수 치며 내게 튈 불똥을 막아주었다.

아버지 비위 맞춰주느라 고생이 많았다. 엄마가 아버지에게 시달린 고생에 내 지분도 적잖이 있음을 인정한다. 자식들이 취업이나 결혼으로 집을 나오기 전까지, 아버지가 만드는 불편하고 흉포한 기운에 질겁한 아이들을 엄마가 다독이고 보듬어주었다. 자꾸만 튕겨 나가고 미끄러지던 마음이 엄마 곁에서 머물 수 있게 잡아주었다. 엄마 품이 없었다면 우리는 제대로 클 수 있었을까? 엄마의 희생, 가정을 지키기 위한 애씀, 아이들에 대한 사랑이 없었다면 오늘 네 남매는 없었겠지.

엄마 품은 따뜻하고 아늑했다. 아버지가 집에 없을 때면 넷은 근심 없었다. 만화영화 보며 노래도 부르고, 둘씩 편짜고 흙바닥을 뒹굴었다. 비석치기, 자치기, 고무줄뛰기 즐겁고 유쾌했다. 시대 변화로 비디오 빌려 보고, TV 연결 비디오게임에 집중하기도 했다. 농촌에 살아 대중교통이 불편했고 비디오 대여점이 성황을 이룬 시절이었다. 타이완 영화 <호소자> 시리즈나 프로레슬링 영상을 보며 열광했다. <호소자>는 1986년에 처음 나왔는데 내가 국민학교 고학년 때까지 새 시리즈가 나올 때마다 대여해 몇 번을 돌려봤다. 반추하면 우리 집은 넉넉지 못한 형편이었지만, 당시에는 알지 못한 채 명랑했다. 아버지 문제만 빼면 말이다. 어린아이들에게는 미지의 위험보다는 눈앞의 흥미가 더 가까웠다. 게다가 든든한 우리 편, 엄마 곁이었으니까. 호랑이 같은 아버지가 부재한 공간에서 하하 호호 낄낄 깔깔 웃음소리가 크게 울려 퍼졌다.

한 번은 웃고 까불 때 아버지가 갑자기 문을 열었다. 놀라 후다닥 튀어 올랐다. 아이들이 깔깔거리며 보던 비디오가 마음에 들지 않았던 걸까? 끼이지 못해서 그랬나? 아버지는 활화산 같은 분노를 표출했다. 공부는 안 하고 이런 거나 본다며 소리를 지르며 비디오테이프를 삽으로 내리쳤다. 고함에 놀라 집 밖으로 뛰쳐나가 땅바닥에 던져져 산산이 조각나며 튀어 오르는 비디오테이프를 멀리서 지켜보았다. 아무도 아버지를 이해하지 못했다. 왜 화를 내는지, 왜 비디오테이프가 박살나는지, 비디오 대여점에 손해배상은 어떻게 해줘야 하는지 그런 생각들만 머릿속에 가득했을 뿐이다.

대개 아버지의 분노는 설명과 맥락이 없었다. 혼자만의 가치와 기준을 설명도 없이 상대방에게 납득시킬 수 없다는 단순한 사실을 모르는 게 분명했다. 반기는 가족에서 기피하는 대상으로 전화하는 자녀의 시선을 신경 쓰지 않는 아버지의 모습이 기이했다. 캐럴라인 냅(2020)은 편안함과 깊이는 친밀감이 만든다고 했다. 내게 아버지는 세월이 쌓여도 편안함과 깊이를 주는 관계를 기대할 수 없는 분이었다. 친밀한 시간을 쌓을 수 없었다. 대학 때, 데모하느라 가출했다 체포되어 돌아온 나를 보며, 아버지는 "사람을 다스리는 방법이 무엇이냐?" 물었다. 앨빈 토플러의 『제3의 물결』을 언급하며 국가는 국민을 통제할 목적으로 물리력과 정보 등을 이용한다고 뇌까렸다. 대답을 들은 아버지는 "그렇다. 너는 말이 통하지 않아 폭력을 쓸 수밖에 없다"며 각목으로 엉덩이를 쳤다.

폭력과 자신의 기준으로 통제하던 아버지에게 저항하고 쟁투했지만 상식의 경계선 너머로 이탈하거나 폭주하지 않았다. 그렁그렁한 눈망울이 눈에 밟혔다. 엄마가 아버지 앞에서 자식들을 보호하기 위해 눈물 흘리고 호소하는 순간을 견디기 어려웠다. 물에 잠긴 엄마의 목소리가 들리면 애잔하고 스산스러운 바람이 가슴을 통과했다. 엄마에게 미안하고 미안한 감정이 아버지에 반하는 단어와 행위를 뱉고 싶은 마음을 앗아갔다.

엄격한 권위의 아버지와 달리, 엄마와 네 남매는 친구처럼 지냈다. 어린 시절 즐거움은 엄마가 선사했다. 엄마는 만화책부터 비디오, 비디오게임기 등 오락 거리를 알려줬다. 펭귄이 빙판을 달리며 얼음이 깨진 곳은 뛰어넘고 튀어 오른 물고기를 받아먹는 게임과 전투기를 조종하는 '갤러그' 게임을 엄마와 아이 넷이 함께 즐졌다. 당시를 떠올리면 밝고 따뜻한 웃음이 난다. 펭귄이 점프할 때는 온몸으로 게임을 했다. 다섯의 목소리도 덩달아 커지며 공명했다. 방학 때는 최하위에 랭크된 사람이 점심 식사 차리기 내기를 했다. 내기 결과, 엄마 1등, 나 꼴찌. 엄마는 상쾌한 얼굴로 점심을 차려줬다.

<보물섬> 같은 월간 만화책도 사줬는데 영심이와 구영탄 이야기에 푹 빠졌다. 엄마가 없는 살림을 아낀 덕분에 아이들은 여러 가지를 겪고 맛봤다. 한국청소년연맹 '아람단' 활동을 할 때는 단복을 사러 버스를 여러 번 갈아타는 먼 길을 다녀왔다. 딸 셋이 청바지, 청치마, 청조끼, 베레모를 다 갖춰 입었으니, 큰 비용이 들었을 테다. 화수분 같은 지갑이 있을 리 만무했다. 아이들의 마음을 헤아려주던 마법 같은 응답. 두려움이 없었다. 다 누리지 못해도, 돈이 있니 없니 걱정하지 않았다. 자연스레 밝고 자신만만한 성격으로 자랐다. 나도 아이를 키우며 깨닫게 되는 유년의 밝음과 고마움이다. 고성과 폭력의 시간이 있었지만 어둠을 밀어내는 유쾌함으로 기억되는 어린 시절이다. 엄마 덕에 가능했다. 아버지 폭풍이 불면 등 뒤에 숨어 비바람을 피했고, 든든한 옹호를 두른 포근한 품에서 미래를 낙관했다.

어머니회장

나이 터울이 작은 네 남매는 국민학교를 2년간 같이 다녔다. 생일이 2월이라 7살에 입학한 쌍둥이와 셋째는 한 살 차지만, 학년은 2년 차가 나게 됐다. 넷째가 입학하고서 1학년, 3학년, 5학년의 네 아이가 등교했다. 한 학교에 4명이 다녀서 권유가 있었던가 보다. 내가 6학년 때, 엄마가 어머니회 회장이 되었다. 종종 학교에서 마주치게 되어 반가웠다. 어른의 일이고 아이에게 공유하지 않던 터라 어떤 일을 했는지 몰랐다. 다만, 두 가지 일을 겪으면서 어머니회가 하던 일을 어렴풋하게 유추할 뿐이다.

내가 다닌 국민학교는 농촌에 위치해 학생 수가 적었다. 한 학년에 한 학급뿐. 졸업 때까지 전학 온 친구는 8명 전학 간 친구는 6명 정도인데, 전학 온 애들이 전학을 갔다. 인적 구성의 변화가 거의 없다고 봐도 무방한 환경. 친구네 웬만한 사정은 모를 수가 없었다. 싸우고 놀고 장난치고 울고 서로 집에 놀러 다니며 스스럼없는 사이가 된 40여 명의 친구. 비밀이 없었다. '비밀'이란 개념은 알았지만 개의치 않았고 말하는 게 두렵지 않은 사이. 농사짓고, 소 키우거나, 정미소를 하는 농촌의 집안 사정. 환경이 비슷해 숨기고 밝혀내고 할 무언가가 존재하지 않았다.

1980년대, 농촌이라 가능한 조금은 특별한 공간. 6학년이 되어 수학여행을 앞뒀을 때 일이다. 수학여행 장소는 으레 그렇듯, 경주. 수학여행 참가 신청 사전 조사에서 A가 못 간다고 했다. 집에 가서 엄마에게 소식을 전했다.

"엄마, 수학여행 A만 못 간대"
"A? 왜 못 가는고?
"돈이 없어서……"
"그럼 A만 안 가는 거야?"
"응."

짧게 소식을 전하고 집 밖에서 놀았다. 그날 밤 부모님이 나를 불러서 A 집 사정에 관해서 물어서 아는 걸 짧게 말씀드렸다. 다음 날 등교 준비를 하는데 엄마가 불렀다.

"엄마가 아버지랑 말해봤는데, A 수학 여행비는 우리가 내기로 했어."

놀라운 소식이었다. 잘됐다. 우리 집에 돈이 있는지 없는지는 모르겠지만. 엄마는 A나 친구들 누구에게도 말하지 말라고 당부했고 나는 꼭 그러리라 다짐했다. 등교하자, 선생님이 알려주셨다.

"좋은 소식이 있다. A도 수학여행 같이 간다. 여행사에서 돈을 안 받겠단다. 잘됐지?"

모두 좋아했다. 나도 웃으며 축하했다. 열두 살 봄이었으니 벌써 31년 전 이야기. 그 뒤 누구에게도 말하지 않았는데 이제야 꺼내본다. 엄마와의 사연에 친구 이야기를 하게 되어 미안한 마음이 든다. 함께 자란 친구 중 한 명이 경제 사정으로 수학여행을 가지 못했다면, 가는 사람도 마냥 즐겁지는 않았을 테다. 부모님의 예상치 못한 고마운 결정이었다. 우리 집도 쌍둥이라 두 배의 경비가 들었을 텐데. 다른 아이의 마음에 비가 내리지 않도록 마음 써 준 부모님의 호의를 통해 처음으로 다른 세계를 만났다. 내 세계에 안주하던 아이에서 벗어난 계기가 됐다.

더불어 엄마가 하는 어머니회 일을 생각했다. 지금은 급식도 교육 중 하나로 인정되어 무상 급식이고, 학습 준비물도 학교에서 제공하는 등 동등한 조건에서 교육받는 환경을 만드는 중이다. 30여 년 전 학교는 달랐다. 2학년 때 담임이 나를 불러서 부반장 시켜줄 거라고 뜬금없이 말했다. 엄마에게 이르니, 엄마가 코웃음 쳤다.

"너 부반장 시켜줄 테니 학급 시계 사달란다." 어린 마음에 충격을 받았다. 엄마는 거부했지만 난 부반장이 되었다. 학교는 건물과 책상 의자만 준비해놓고, 새 학년마다 시계, 대걸레, 빗자루, 오르간까지 사 오라 요구했다. 그런 여건에서 엄마가 어머니회장을 맡은 일의 의미를 찾았다. 자식 넷이 잘 자랄 수 있는 환경을 만들고 학생들이 똑같이 좋은 환경에서 공부할 수 있도록 관심을 가지고 보탬이 되도록 애쓰지 않았을까.

또 한 번은 졸업을 앞둔 때였다. 졸업식 예행연습 첫날. 개근상, 최우수상 등에 대한 수상자가 호명됐다. 나도 상을 받는 차례가 있었고 순서를 기억하기 바빴다. 예행연습이 끝나자 아이들이 바투 붙어 두런두런 말했다. 이상하다. 졸업식 상 받는 순서가 이상하다. 공부는 네가 일등인데 왜 네가 3등으로 상을 받는 거야? 아이들의 물음에 내가 꼭 일등은 아니라 이상하지 않다고 표현했지만, 엄마에게 일렀다. 오랫동안 함께한 아이들이라 진실을 보던 눈을 가릴 수 없었고 아이들이 말하기 시작하자 학교가 시끄러워졌다.

졸업식 때까지 성가신 날을 보냈다. 교감에게 불려 가면, "공부 잘한다고 다 일등은 아니야"라고 한마디 했다. 서로 잘 놀던 아이들 사이도 서먹했다. 괴로운 날들이었다. 교장실로 호출되어 갔더니, "미안하다. 그 아이들은 집에서 오르간을 사줘서 점수를 더 줬다"고 엄청난 사실을 인정하고 사과했다. 내가 뭐라 답하랴. 가만히 들었다. 말할 단어를 찾을 수 없는 순간이었다. 하루는 밤에 자려다가 엄마가 불러서 갔더니, 담임이 앉아 있었다. 깜짝 놀라 인사하고 내 방으로 돌아갔다. 담임은 부모님에게 사과하러 왔다. 어떤 사과를 했는지는 모른다.

다만, 졸업식 예행연습 내용이 달라졌다. 전교어린이회장이 하던 졸업식 답사를 내가 맡았고, 상도 하나 더 받았다. 아, 이런 식으로 타협을 봤구나. 수상 순서에는 변동이 없고 어른들의 농간에 피해를 본 학생에게 혜택을 더 주는 거로 말이지. 부모의 금전 기부로 혜택을 본 한 명이 학생회장이라 졸업생 답사를 내가 하게 됐다. 졸업식 첫 번째, 두 번째 수상자가 혜택을 본 아이들이었는데, 그 친구들과는 잠깐만 껄끄러웠을 뿐 곧 괜찮아졌다. 친구들이 원한 결과도 아니었고 놀라기는 마찬가지였다. 먼저 다가와 자신도 몰랐다며 미안하다고 말해줘서 고마웠다. 우린 그래도 친구니까. 어른들이 문제였다.

2학년 때 시계와 부반장 직 교환 요구를 거부한 엄마는 어머니회장이 돼서도 이전과는 다른 행보를 보였다. 육성회장과 어머니회장은 부족한 학교 예산을 자신의 주머닛돈으로 채우는 관례. 당시 학교는 학부모에게 당당히 돈을 요구했다. 학년 초, 학부모회를 열어 학교의 필요 품목을 읊었고 학부모들은 돈과 물품으로 지원했다. 학생은 볼모였다. 엄마가 어머니회장을 등 떠밀려 맡게 됐지만, 없는 돈을 낼 수 없어 새로운 유형의 어머니회장이 되었다. 학교 요구에 불응하고 도움이 필요한 학생에게 응답하는 모습. 그래서 '오르간' 요구는 개별 연락한 건 아닐까 추측한다. 어머니회장인 엄마는 학교장과 교감, 담임 등의 부정에 연루되지 못했으니 말이다.

엄마는 사람들 앞에 나서기 좋아하지는 않지만, 사람들이 추천하고 밀어주면 거절하지 않았다. 아이들 학교에서는 어머니회 회장을, 동네에서는 부녀회장을 맡았다. 부녀회장을 맡을 때에는 딸들의 국립대 입학을 이유로 추천했다. 웃긴 일이다. 부녀회장과 자녀의 대학이 무슨 상관관계일까? 엄마는 대표를 자임하지 않았고 맡은 후에는 열심히 했지만 좋아하고 즐기지 않았다. 연임 없이 한 번 겪고는 끝났다.

자라면서 아버지 기분을 맞추던 엄마와 나는 다르다고 생각했는데, 여러 자리를 역임한 엄마 모습에서 나와 닮은 점을 발견했다. 납작한 사람은 없다. 갖가지 경험을 통해 다층의 결이 형성된다. 다양한 면모를 지닌 사람을 순전한 엄마로만 인식한 오류를 되짚는다. 앤서니 브라운은 그림책에서 엄마는 우주비행사, 화가, 작가가 될 수 있었지만 우리 엄마가 됐다며 엄마가 포기한 가능성에 대해 보여준다. 가능성을 포기한 여자 일반을 안타까워하며 내 엄마의 삶은 이해하지 못 했음을 반성한다. 나는 순수하고 완전한, 엄마의 조각이다.

정미소

우리 집은 정미소였다. 엄마가 중학생 무렵인 1960년대 중반부터 외갓집이 하던 정미소를 내가 돌 즈음에 부모님이 시작했다. 부산의 농촌, 낙동강 하구 모래톱 지대의 평야. 마을마다 정미소가 존재했다. 정미소 외관은 돌벽 위 직사각형 함석으로 벽과 'ㅅ'자 형태 지붕을 올린 모습이었다. 함석판은 페인트칠과 녹슨 빛으로 적갈색을 띠었다. 은색 새 함석판을 덧댄 곳도 있어 색감의 통일성이 없고 우중충한 빛이 단정치 못했다. 살림집은 정미소와 한 벽을 공유한 작은 방과 부엌이 붙었고 부엌 옆에 큰방이 있는 'ㄱ'

자 구조였다.

농촌의 정미소는 어디서든 비슷한 형태였음을 나중에 알았다. 크기와 모양을 변주하는 함석지붕이 한눈에 정미소임을 알린다. 내가 살던 지역에서만 통일성을 띤 게 아니라 전국이 비슷했다. 정미소를 기록한 사진집 『소멸의 얼굴-정미소』(박찬웅, 2014)에 실린 사진을 보자마자 안내 글을 읽지 않아도 알아봤다. 정미소를 떠난 뒤라 사진을 보자 그리운 마음이 일었다.

닮은꼴을 한 정미소 덕에 생긴 웃긴 일 하나. 국민학교 2학년 여름날, 하굣길에 소나기를 맞았다. 노선이 하나뿐인 시내버스는 띄엄띄엄 다니고 전화하면 달려올 자가용도 없어 나와 동생은 묵묵히 걸었다. 집은 15통이고 학교는 18통, 2Km 정도 거리였다. 16통을 막 벗어나던 중. 우리 동네와 이웃 동네 사이에 놓인 남해고속도로 위로 도로를 연결하는 육교 오르막이 끝나던 곳에서 우산을 쓰고 내려오던 셋째를 만났다. 어찌나 반갑던지! 학교도 다니지 않는 동생이 마중을 나오다니, 큰 기쁨이 일렁였다.

잠시 서서 반가움을 나누고 집에 가려는데 예상치 못한 갈등이 발생했다. 육교를 건너던 오르막에서 만났으니, 다음 순서는 육교 정상을 지나 내리막으로 가야 하는데 동생이 자기가 오던 길 그대로 내려가자고 주장했다. 쌍둥이는 고속도로 저편에 보이는 정미소 건물이 우리 집이라고 하고, 셋째는 고속도로 이편의 정미소가 우리 집이라고 우기던 대치 상황. 비는 계속 오고 동생은 말이 통하지 않아 난감했다. 나는 동생이 어리기 때문에 헷갈렸음을 이해해서 살살 구슬렸다. "저쪽 정미소에 가보고 우리 집이 아니면 다시 오자. 어때?" 내 제안에 동생이 잠시 생각해보더니 동의했고 대치가 끝났다. 집 근처에 다다르자 동생 눈에도 집이 분명했다. 동생을 돌아보며 "맞지? 우리 집이지?" 하고 웃었다. 셋이 깔깔거리며 엄마에게 방금 있던 일을 쫑알거렸다. 착한 셋째가 오래 고집을 피우지 않아 금방 집에 도착했다. 일곱 살 동생을 혼란에 빠지게 만든 건 순전히 정미소의 외관 탓이다.

정미소는 방앗간이라고도 불렀는데, 방앗간이란 말은 떡 만드는 곳에도 쓰였다. 더 과거에는 쌀 찧고 쌀 빻는 일 모두 방앗간의 영역이었던가 보다. '참새가 방앗간을 그냥 지나치랴'는 속담처럼 정미소에는 참새들이 상주했다. 정미소가 도정 작업이 한창일 때는 기계 소리가 컸고, 기계가 쉴 때는 참새 지저귀는 소리가 울렸다. 참을 수 없이 짹짹거리면 돌멩이를 지붕으로 던졌다. 따앙! 함석판에 돌이 부딪히는 소리가 나고 참새 떼가 날아오른다. 정적은 길지 않다. 참새 떼는 집 근처 전선 위에 앉았다가 돌아온다. 어떨 때는 참새 떼가 날아올랐다가는 공중에서 그대로 유턴해 정미소로 다시 내려앉았다. 참새가 정미소를 좋아하는 모습을 보아온 정미소집 딸로서 '참새가 방앗간을 그냥 지나랴'라는 문장은 속담이 아니라 있는 그대로의 사실이었다. 참새는 속담에 내재한 의미를 헤아리게 하는 추상적 대상이 아니라 방앗간에 먹을 낟알이 많아 반기지 않는데도 찾아오는 불청객이었다. 돌을 던져 쫓아내던 참새도 도시에 살며 마주치면 반갑고 귀엽지만, 그땐 귀찮았다.

부모님은 정미소를 운영하며 쌀을 도정해주고 그 세를 받아서 먹고살았다. 세는 쌀로 대신했다. 돈이 필요할 때는 받은 쌀을 되팔았다. 호남의 어떤 정미소는 현금이 늘 있었다는데 구활, 정미소 풍경, 2008, 우리 집과는 딴판이다. 정미소로 쌀을 사러 오는 사람 중엔 쌀을 사가며 "새댁이가 파는 쌀은 윤기가 흐르고 찰지다"는 평이었다고 엄마가 추억했다. 엄마와 아버지가 함께 정미소를 운영하다가 아버지는 내가 국민학교 3학년 때 쌀 도매를 하며 큰 식당이나 사업장 등에 쌀을 납품하게 되었고, 엄마가 정미소를 맡아 가계를 꾸렸다. 네 아이를 키우고 아버지 비위를 맞춰주며 정미소 일까지 도맡았던 엄마.

벼들이 노오랗게 익어가는 계절이 오면 정미소는 바빠진다. 매일 매일 윙윙윙 기계 돌아가는 소리에 귀가 먹먹하다. 타작한 나락[1]을 담은 가마니를 싣고 경운기, 트럭이 당도하여 가마니를 부려 정미소 앞마당에 쌓는다. 기계가 돌아갈 준비가 되면 한 가마니씩 옮겨 입구를 열고 도정이 시작되는 곳에 나락을 붓는다. 누런 나락이 기계 속으로 빨려 들어가며 도정이 시작된다. 컨베이어 벨트가 움직여 나락을 현미기로 옮기면 왕겨와 분리된 하얀 쌀알들이 나타난다. 백미뿐 아니라 현미, 5분도, 7분도로 도정할 수 있다. 도정된 쌀이 기계를 빠져나와 바로 아래에 입 벌린 가마니 속으로 쏟아진다. 정미기 작동 전, 저울 위로 쌀가마니를 올려 쌀이 떨어지는 아래에 준비해놓는다. 가마니는 내용물이 없으면 힘없이 널브러지는 재질이라 가마니 입구 양쪽에 줄을 달아 기계와 연결한다. 입구가 좁은 용기에 깔때기를 꽂아 내용물을 담는 모습과 비슷하다. 저울의 추는 80에 맞추고, 쌀이 그득 담기어 80kg 한 가마니가 만들어지면 입구를 봉해 저울에서 내려 한 편에 쌓아둔다.

고소한 냄새를 풍기는 쌀이 모습을 드러낼 때 쌀에서 벗겨진 누런 껍데기인 왕겨가 정미소 밖으로 먼지와 함께 날리며 쌓인다. 왕겨도 엄마와 아버지, 혹은 쌀 주인들이 와서 번갈아 가며 삽으로

1 '나락'은 '벼'의 방언이나 당시 분위기를 살리기 위해 사용하던 단어를 그대로 썼다.

퍼다 한 자루씩 만드는데 쌀가마니와 왕겨 자루를 동시에 만들어야만 한다. 잠시 손을 놀리면 왕겨 산이 수북이 쌓인다. 크지 않은 정미소를 깔끔히 운영하기 위한 필수 과정이다.

쌀을 찧으러 왔던 사람들이 쌀가마니를 싣고 돌아가면 정미소의 일은 끝이 나, 엄마도 쉴 수 있다. 정미소 전기 차단기가 올라가고 나면 쉴 수 없다. 엄마는 정미소 여기저기를 누비며 기계가 잘 돌아가도록 관리했다. 낱알의 껍질을 벗겨서 쌀과 왕겨로 분리해주는 현미기가 탈 나면 정미소는 멈춘다. 현미기를 예의주시했다. 얼마나 바빴는지 어떤 날에는 연한 노란색 바지 엉덩이가 붉게 물든 채 일하는 엄마를 목격했다. 추수철에는 분주하고 시끌시끌하며 여러 사람이 오가는 날이 몇 날 며칠 지속된다. 정미소 기계가 작동하면 엄마의 파마머리에 하얀 먼지가 쌓였다.

먼지를 덮어쓰고 일을 하고 나면 어린 4남매가 참새 새끼들처럼 엄마를 기다리고 있었다. 엄마는 대개 씻고 저녁을 차려주었지만, 늦게 마친 날은 수건으로 먼지를 탈탈 털고는 밥을 차려야 했다. 어린아이들을 굶길 수 없어 몸은 힘들지만, 바삐 움직였다. 도시처럼 주문하면 뽀르르 달려올 음식점이 없는 동네라 엄마의 두 손만 의지했다. 어릴 때는 가스레인지가 설치되기 전이라 풍로나

연탄불에서 음식을 해야 했으니 꼬마들이 할 수 있는 일도 없고 위험했다. 부엌에 가스레인지가 설치되기는 했지만, 완전히 현대식으로 바뀐 건 국민학교 고학년이 되어서였다. 고단할 텐데도 엄마는 가능하면 딸 셋에게 부엌일을 시키지 않았다. 내가 서른 살이 될 때까지도 동네 사람들이 애들 결혼 안 하냐? 집안일은 안 시키냐? 간섭하면, "아직 어리잖아. 결혼하면 많이 할 텐데 뭐 하려고"라고 답하며 딸들을 위했다.

벼가 쌀이 되는 과정 가운데 정미소는 마지막 순서이다. 쌀은 일 년 농사에서 가장 중요했다. 정부에서 값을 보장해주는 유일한 품목이자 고부가 상품이었고 다음 해 수확까지 먹을 귀중한 양식이었다. 자세한 속사정이나 의미를 모르던 내게 정미소 분위기는 '시끄러움'으로 남았다. 쌀 주인들이 서성거려 마당이 시끌벅적했다. 도정하는 기계 소리와 의사소통하던 어른들의 목청이 소란했다. 제대로 도정되는지 확인하고 혹시나 발생할지 모를 부정함을 경계하느라 날 선 분주함과 소음이 한데 어우러져 시끄러운 공기가 가득했다.

시끄러운 정미소 여기저기서 엄마를 찾았다. 엄마가 정미소 책임자였다. 정미기 전원을 켜려면 커다란 전기 차단기를 올려야 했는데, 차단기는 조금만 들어 올려도 찌르르 전기 흐르는 소리가 났다. 엄마는 사실 엄청난 겁쟁이다. 엄마 학창 시절, 전교에 주사 안 맞은 아이 한 명. 바로 엄마였다. 주삿바늘이 두려워 벌벌 떠는 건 지금도 마찬가지다. 엄마를 한의원에 모시고 간 둘째가 엄마 때문에 창피했다고 하소연했다. 뾰족한 침이 무서워서 한의원 내에서 도망을 다녔다 한다.

엄마는 전기가 번쩍번쩍 튀어서 무서웠는데 늘 자신이 다 했다며 한숨 쉬었다. 심지어는 셋째와 넷째를 임신하여 불룩한 배를 안고서도 전기 차단기는 엄마 몫이었다. 엄마가 전기 차단기에 손대기 어려운 날은 빗자루나 나무 막대 등을 들고 전기 차단기를 움직이던 모습이 생생하다.

정미소는 기계를 조작하고 무거운 쌀가마니를 옮겨야 하는 작업이 동반되어 엄마 혼자 일을 하기 어려웠다. 아버지가 힘쓰는 일을 마치면 엄마 홀로 애쓰고 아버지는 정미소 앞마당에서 동네 아저씨들과 어울려 술을 마셨던 일상이 눈에 선하다. 지금은 성인 인증을 하지 않으면 술을 살 수 없다. 30년 전에는 어린아이들이 주전자에 막걸리를 받으러 오가고 소주 대병을 사 오는 심부름을 했다. 술은 어른이 마시고 사 오는 건 아이 몫. 찰랑거리는 막걸리를 쏟을까 봐 조심조심. 미끄러운 병을 놓치지 않으려 품에 꼭 안고 잰걸음으로 다녔다. 소주 대병은 어린아이들이 들기에는 크고 무거웠는데 유리로 만든 병이라 더 긴장했다. 엄마는 기계를 만지고, 아버지는 쌀 찧으러 온 남자들과 술 마시는 일상의 반복.

정미소는 추수철에 바쁘고, 농한기에는 조용했다. 정미소 일이 없을 때, 엄마는 시기에 따라 다양한 밭일을 하고 품삯을 받으며 생활비를 벌었다. 한 번은 동네 파 붙이기 작업에 딸 셋도 갔다. 파 붙이기는 어린 파를 밭에 옮겨 심는 작업이다. 고랑을 불룩하게 쌓아놓고 파가 쓰러지지 않게 75도 정도 각도로 고랑 한쪽을 깎아 놓으면 그 위에 어린 파들을 일정한 간격으로 하나하나 나란히 세우는 일. 어린 파를 흙벽에 잘 붙여 놓으면 뿌리 위로 흙을 덮어서 대파로 키운다. 한 줄 다 하면 돈 천 원을 받기로 했던 것 같다. '새우깡' 과자가 100원밖에 안 하던 때라 1천 원이면 꼬마들에게 큰돈이었다. 용돈 벌 절호의 기회라며 신나서 따라갔다. 호기롭게 얼마를 벌리라 외치고 서로 누가 많이 하나 내기도 했다.

결과는 처참했다. 파 붙이기는 엉덩이를 들고 할 수 있는 작업이 아니었다. 한 고랑이 끝날 때까지 쪼그려 앉아서 손을 열심히 움직이고 오리걸음으로 이동해야 했다. 요즘 밭일하는 분들이 엉덩이에 동그란 의자를 달고 움직이던데, 1980년대 후반에는 그런

도구도 없었다. 세 딸은 평소 안 하던 일이라 얼마나 힘든지 몰랐다. 두 동생은 몇 고랑 작업 했는데 나는 한 줄 하고 포기했다. 엄마는 정미소 딸에게 농사가 얼마나 어려운 일인지, 또 돈은 쉽게 벌 수 없다는 사실을 알려주려 데려간 듯하다. 딸들은 뼈 깊이 가르침을 새겼다. 지금 생각해도 종아리와 허벅지가 묵직해지고 허리는 끊어지는 기분이다. 그 뒤로 엄마가 아무리 좋은 말로 포장해도 다시 따라가지 않았다.

밭일은 현금 버는 일이었다. 현금 벌 일이 적었던 터라 현금 지출을 줄이려고 정미소 왼쪽 옆길 건너 밭을 세내서 부식 거리를 경작했다. 봄에 고추, 옥수수, 파, 깨, 방아, 고구마 등을 심어 한 번 수확하고 나서는 김장김치를 위해 배추나 고추를 또 심었다. 엄마는 고추에 사활을 걸었다. 풋고추는 날이 더워질 때 입맛을 돋워주기도 하지만 중요한 건 홍고추다. 빨갛게 익은 고추를 따서 햇볕에 잘 말려 먼지를 닦고 꼭지를 따서 잘게 빻으면 고춧가루가 된다. 고춧가루와 배추는 김장의 기본이다. 고추를 기르기 전에는 파도 제법 키웠는데, 파 잎 안에 벌레가 쉬이 들어가서 벌레를 손으로 잡는 작업이 필요했다. 한 번씩 엄마가 총동원령을 내리면 자양강장제 병을 들고 꿈틀거리고 물렁거리는 벌레를 잡아서 병에 담았다. 가족이 먹을 채소라 농약을 치지 않는 대신 손이 많이 갔다.

또 엄마는 농촌에서 살기 위해서 채소 판매를 하기도 했다. 애들 나이나 농사를 짓지 않는 집안 사정이 비슷한 은선이 엄마와 함께 수확이 끝난 파밭을 돌며 버려진 것들 중 양호한 파를 주워서 단으로 묶어 팔았다. 팔 수 있는 양이 제법 되어 동네 아저씨에게 수고비를 주고 트럭에 실어 충무동 새벽시장 근처에서 팔았다. 한 단에 200원도 받고 100원도 받으며 빨리빨리 팔자, 인근 상인들이 "이 아지매처럼 팔아야 한다. 안 팔리는 거 들고 있으면 뭐 하노."하며 한마디씩 했다고 한다. 엄마가 충무동 교차로를 지날 때면 자랑처럼 꺼내는 말이다.

엄마는 정미소 운영, 품삯일, 텃밭 가꾸기 등을 하며 네 남매를 키우고 아버지 뒷바라지까지 했다. 아버지는 쌀 도매 일을 하다가 내가 고등학교 때는 지하수 온천 개발 일을 했다. 몇 년은 아버지 월급으로 살 게 됐다. 그전에 쌀 도매로 돈을 벌기는 했지만, 월급이 꾸준하게 들어오는 일이 아니었고 아버지가 번 돈은 집을 수리하고 창고를 짓고 호이스트 기계 설치를 하는 등에 쓰였다. 더불어 업무용 1t 트럭을 시작으로 가족용 지프차로 용도 변경된 자가용이 생겼다. 아버지의 월 급여가 통장에 입금되기 전, 오랜 시간을 엄마의 노동으로 온 식구가 먹고살았다. 90년대 초반부터 현대식 정미소가 등장하면서 옛날 정미소를 찾는 사람은 거의 없어져 자연스레 정미소를 그만두었다. 하지만 엄마의 노동은 도시와 집 안에서 계속 이어졌다.

정미소에서 삼십 년을 살았다. 낡아서 더 버틸 수 없어, 버리듯 도시로 떠나왔다. 우리 집은 아직도 거기에 서 있다. 차분히 정미소를 떠올려 엄마의 노동에 기댄 삶을 발견했다. 당연한 듯 일방적으로 헌신한 노동을 받아먹었다. 가끔 정미소 덕에 걱정 없이 살았다며 엄마와 얘기했는데 표피만 본 거였다. 허상인 남성생계부양자에게 권위를 내어준 실질적 생계부양자인 엄마. 『나는 엄마가 먹여 살렸는데』(김은화, 2019)'라는 책 제목을 보자마자 우리 엄마가 떠올랐다. 맞아. 나도 엄마가 먹여 살렸다. 순연히 쉴 틈 없던 가혹한 엄마의 노동으로 살아남았다. 최근 기억은 흘려보내지만 과거는 붙든 엄마가 "정미소 하기 싫었다. 정미소 그만 하고 싶다고 빌었다"며 눈물 흘리며 "그래도 그때가 좋았다"고 덧붙였다. 네 생명을 책임진 고단하고 끝없는 노동의 굴레였던 정미소. 눈 감으면 아직도 시끄러운 정미소 안에서 엄마가 분주히 움직이고 있을 것만 같다. 그때로 돌아가고 싶다.

선희 씨

선희 씨는 아담하다. 날렵하지는 못해 자전거를 타다가 모자가 눈앞을 가리면 개울로 떨어졌다. 운전면허를 취득했지만, 운전은 못 한다. 여유분의 자가용이 생겨서 아들에게 연수를 받으려다가 논으로 차를 몰았다. 이웃집 트랙터로 차를 끄집어낸 후로 운전에 대한 꿈은 접었다. 20대 때에는 트위스트를 잘 추고 탁구도 제법 쳤다.

얌전하지만 남에게 쉽게 굽히지는 않는다. 특히 남자들이 접근할 때는 거리를 유지했다. 옛날에 예뻤는데 도도해서 말도 못 붙였다는 말을 듣곤 했다.

선희 씨 이마 왼쪽에는 맨눈으로 확인되는 혹이 하나 있다. 네다섯 살 적, 삼촌이 모는 자전거 뒤에 앉아서 졸다가 자전거가 모퉁이를 돌 때 개울로 떨어졌다. 등이 허전해진 삼촌이 물에 빠진 선희 씨를 구했다. 삼촌은 귀한 조카를 물에 빠뜨린 일이 형님에게 발각될까 봐 젖은 옷을 입은 선희 씨를 계속 데리고 다니다 집에 데려다줬다. 옷은 말랐지만 혹은 평생 남았다.

선희 씨는 김해평야의 한 가정에서 첫딸로 태어났다. 선희 씨 태어나기 전 유산과 백일해로 아이를 여럿 잃은 젊은 부부는 사랑을 듬뿍 주었다. 선희 씨는 가끔 자랑했다. "다른 아이들은 고무신 신고 다닐 때 혼자 운동화 신었어." 1949년생 선희 씨가 학교에 들어가던 시절이니, 한국 전쟁이 끝나고 몇 년 지나지 않은 때. 엉클어진 단발머리에 한복을 입은 소녀가 코 흘리는 동생을 등에 업은 사진으로 엿보는 전쟁 후 곤궁함. 얇은 한복 자락에 고무신 신고 다니던 아이들 틈에 홀로 코르덴 바지와 솜옷을 입고 운동화를 신은 소녀. 등하교, 걸어 다니는 방법은 같지만 외피는 달라 자신감이 치솟았던 시절. 겨울 칼바람을 피하느라 언덕 밑에 몸을 숙이고 다니던 아이들 앞에 당당하게 언덕길을 오르던 선희 씨.

선희 씨는 두 딸과 세 아들, 오 남매의 맏이다. 동생은 많았지만 부족함 없이 자랐다. 김해의 하나뿐인 여고에 다닐 적, 교무실로 불려가 보니 아버지가 딸에게 짜장면을 시켜놓아 교사 눈치를 보며 짜장면을 먹었다. 다시는 이런 일 없게 하라는 교사의 훈시를 들었다. 첫 아이가 좋아서 눈치도 없이 학교로 짜장면을 시켜준 아버지. 선희 씨는 아버지가 좋았다. 다정한 성격에 사랑을 주는 아버지. 단 하나 못마땅한 점은 유별난 미각의 소유자였다는 사실. "이 맛이 아니야" 듣기 싫은 말과 함께 엎어지는 밥상. 몇 번이나 다시 상을 차렸다는 그날의 이야기가 선희 씨가 유일하게 아버지를 흉볼 건수였다. 입 짧은 아버지는 술도 못 마셨는데 그래서 선희 씨는 술 잘 마시는 남편을 만나게 됐다고 설명했다. 술을 많이 마시면 어떤 일이 벌어지는지 몰라서 아버지와 다른 남자에게 끌렸다.

그 남자는 원래 동성 친구 모임에 따라온 제대 직전 군인이었다. 경남 하동 사람이 김해 공병학교에서 군 복무를 하게 되며 이어진 인연이다. 선희 씨는 남자가 두 살 어려서 싫었다. 스물일곱 선희 씨와 스물다섯 제대 직전 군인. 남자는 선희 씨가 마음에 들어 호적 등재가 늦어졌다 거짓말을 했다. 전화해선 "목소리가 좋네요."라며 선희 씨 마음을 흔들기도 했다. 선희 씨가 왜 그 남자와 결혼했는지, 무엇이 그리 좋았는지 여전히 미스터리다. 하나하나 조목조목 따져보고 싶기는 하지만, 부끄럼 많은 선희 씨를 위해 남겨두련다.

선희 씨, 우리 엄마. 엄마 딸로 태어나서 다행이었어. 아주 많이 사랑해.

장래 '꾸믄 한량인',
게으름뱅이 몽상가
고양이 같은, 고양이 아닌,
'깡치' 개바라기 집사

좋아하는 연예인 덕질, 자학개그,

만화애니 오타쿠, 눈 내리는 겨울

따듯한 이불 속, 비 오는 날 음악 감상,

판타지영화, 홀로 여행,

귀여운 동물, 행복한 망상 등

애증의 뫼비우스 I: 궁상병도 이 정도면 유전

정 효 진

"엄마! 제발 궁상맞게 살지 좀 마~ 아휴…

남들 보기 쪽 팔려 죽겠네, 증말!"

바닥에 쭈그리고 앉은 채, 그동안 모은 빈 소주병을 세고 있는 엄마에게 말했다. 내가 짜증스러움을 보이거나 말거나, 아랑곳없이 엄마는 소주병 개수를 연신 세고 또 세는데 정신이 팔려 있었다. 서른 개 남짓한 소주병 개수를 확인한 엄마는 전부 카트에 싣기 시작하였다. 그러고 나서 서둘러 나갈 채비를 한다. 이윽고 내 눈앞에서 소주병과 함께 엄마는 쌩하고 사라졌다. 하필이면 이렇게 햇볕 쨍쨍한 무더운 날씨에 나가는 건 또 뭐람. 게다가 병을 가득 실은 카트까지 끌고서. 30분 뒤, 마트에서 빈 병을 팔고 받은 돈을 손에 꼭 쥐고는 의기양양한 얼굴로 집에 오겠지. 안 봐도 비디오다.

본인이 준 돈으로 아들이 밤마다 처먹은 술병을 부지런히 모아 되팔아 얻은 돈 삼천 원. 내 눈에 그 돈은 엄마의 애달픈 눈물이다.

"내가 이렇게 아끼고 야물게 살아서 이 정도지. 니처럼 아낄 줄 모르고 천날만날 물건 사재끼고 버렸음, 돈 못 모았다. 고생도 안 해본 니가 알긴 뭘 아노? 어휴! 저리 철딱서니가 없어서, 원!"

삼천 원으로 반찬거리를 사 온 엄마는 의기양양한 표정으로 매번 똑같은 레퍼토리의 잔소리 폭탄을 쏟아내었다. 지독하게 가난했던 어린 시절의 기억에서 아직도 못 벗어난 듯, 현재 누가 보아도 넉넉한 우리 집 살림살이에도 불구하고 엄마는 여전히 궁상맞다. 제 옷이나 신발 한번 제대로 산 적이 거의 없을 정도로 엄마는 늘 그랬다. (정작 본인은 안 쓰고 안 사며 모은 돈을 어이없게 날린 적이 한두 번이 아니다. 주위 친구들한테 큰돈 떼인 적이 여러 번이었으니까. 옆에서 그 꼴을 보고 있자면 허탈하기 그지없다.)

유년 시절 살아온 가정환경이 개인에게 미치는 영향은 실로 무서울 만큼 강력하다. 끔찍이도 가난했던 시절의 경험과 가난으로 인한 고통은 불안을 낳았고, 그 불안은 평생을 그림자처럼 따라다니며 사람의 영혼을 잠식한다. 영혼을 잠식한 불안은 또 다른 형태의 강박적인 행동으로 나타나는데, 그것은 바로 유전과도 같은 지지리 궁상병이다. 나는 이따금 엄마와 외삼촌의 공통된 모습을 보며 확신하곤 한다.

쓸데없이 자잘한 것에 집착하고 아끼는 엄마를 보고 있으면 속에 천불이 날 때가 한두 번이 아닌데, 그런 우리 엄마를 뛰어넘는 자가 있으니 그는 바로 외삼촌이다. 단위 수치로 나눠볼 때, 엄마의 궁상스러움이 상중하 레벨의 상에 해당한다면, 외삼촌은 신의 경지에 이르렀다고 할까. 우스갯소리로 빗대어 말하지만, 사실은 꽤나 무겁고 심각한 상황이다. 왜냐면 외삼촌은 심한 저장 강박증이니까.

물론 우리 엄마도 내 눈에는 저장 강박 증세가 있다고 보지만(오래되고 쓸모없는 물건을 못 버리고 굳이 집안에 모셔놓고 있는 것 하며, 남들이 버린 가구나 가전제품을 현재 필요 유무와 상관없이 들고 오는 등) 외삼촌은 엄마와는 차원이 다를 정도로 스케일이 어마어마하다. 나는 직접 안 가봐서 몰랐는데 엄마의 얘기에 따르면, 외삼촌 집이 흔히 TV에서 나오는 심각한 저장 강박증 환자의 집과 판박이라고 한다. 문 앞 입구에서조차 발 디딜 틈이 없을 정도로 온갖 고물들이 집을 에워쌌고, 보다 못한 이웃들이 구청에 신고하는 사태까지 벌어질 정도니까. 오죽했으면 엄마가 외삼촌을 만나러 집에 찾아갔을 때, 엉망진창인 집안 꼴에 속상한 나머지 그 자리에 주저앉아 대성통곡을 하였을까. 냄비 하나 버리려 하면, 삼촌은 길길이 날뛰며 폭력적인 행동을 저지른다고 하였다.

그런 마당에 차마 어떻게 하지는 못하고 계속 주시만 하고 있던 찰라, 어느 날 삼촌 몰래 집을 청소할 절호의 기회가 생겼다. 그 절호의 기회 자체는 매우 반가운 일이긴 하지만, 한편으로 매우 씁쓸하고 서글픈 소식이 아닐 수 없었다. 바로 삼촌이 결핵에 걸렸다는 소식이기에.

우리는 그 소식을 듣고는 삼촌의 질병이 바로 저장 강박증과 연관되어 있다고 생각했다. 가뜩이나 나이 많은 삼촌이, 비위생적인 집안 환경으로 인해 면역력에 문제가 생겨 걸린 병이라고 말이다. 하긴, 요새 세상에 결핵에 걸리는 일이 어디 흔한가.

"오빠! 으이그 속상해! 와그리 지지리 궁상이고! 그럴 거면, 아예 마 콱 죽어버려라!!"

병상에 누워있는 외삼촌을 향해 엄마는 울부짖으며 소리쳤다. 내가 엄마한테 했던 소리와 똑같다. 나가 죽으라는 말만 빼고는. 이 놈의 쳐 죽일 지지리 궁상병은 어디서부터 대물림되었던 것일까.

어느 날 엄마가 나이 칠십이 다 되어 노쇠해진 할매를 데리고 목욕탕에 갔다 왔다. 집에 와서 투덜거리던 엄마의 얘기가 문득 생각났다. 엄마는 모처럼 시간을 내어 귀찮다는 할매의 손을 억지로 끌고선 동래 허심청에 갔다고 했다. 엄마 딴에는 뜨듯한 온천탕에 할매 피로나 풀어줄 생각이었던 거다. 할매랑 탕에 들어가기 전 옷을 벗는데 제일 먼저 엄마의 눈에 들어온, 할매의 낡고 누레진 속옷. 엄마는 낡고 누레진 속옷을 입은 채 아무렇지 않게 돌아다니는 할매가 그 순간 남들 눈에 너무나 쪽팔려서, 쥐구멍이 있다면 얼른 숨어 들어가고 싶을 정도였다고 했다.

난 엄마의 얘기를 듣고는, 사돈 남 말 하는 그녀의 모습에 속으로 같잖아서 코웃음을 쳤다. 칫! 엄마는 내가 버린, 구멍 난 팬티를 꿰매어 입고 목욕탕 가면서. 물론 엄마 면전에 대놓고 얘기하진 않고 속으로만 생각할 뿐이다. 그 말을 꺼내는 즉시 또다시 잔소리 폭탄 세례가 시작될 거니까.

병을 모아 되팔아 오는 엄마의 모습은,
내가 중학생 때 할매에 대한 기억을 떠올리게 만든다.

당시 친구와 남포동에 들렀다가 영주동 부근을 지나고 있었는데, 우리가 있는 방향 쪽으로 걸어오는 할매를 발견하였다. 사실 때마침 지나가던 길 근처가 할매 집이었지만, 할매와 관계가 소원했던 나는 굳이 그 집에 들를 이유가 없었다.

더구나 하필 누추한 차림으로 동네에서 모은 폐지를 들고 나타난 할매의 등장이라니. 그 당시 나로선 할매의 모습이 너무 창피했었다. 빨개진 얼굴을 푹 숙인 채, 할매가 나를 못 보고 얼른 지나가기만을 어찌나 속으로 바랬던지. 허나 내 바람과는 반대로 할매는 단번에 나를 알아보곤 말을 걸며 다가왔다. 옆에 있는 친구는 조금은 당황한 기색으로 나를 쳐다보았었다.

어디 가는 길이냐는 할매의 말에 대충 얼버무리며 대답하고선, 서둘러 자리를 뜨려던 찰나였다. 등 뒤에서 들리는 할매의 부름에, 솟구치는 짜증스러움을 억지로 누르며 하는 수 없이 뒤돌아보았다. 할매는 폐지를 바닥에 내려놓고는, 입고 있던 허름한 몸빼바지 주머니에 손을 넣어 뭔가를 급히 찾고 있는 모습이었다. 그리고 나선 내 손을 덥석 잡아 꼬깃꼬깃한 천 원짜리 다섯 장을 쥐여주었다.

"가다가 친구랑 뭐라도 사무라."

할매는 그렇게 말하고선, 무거운 폐지를 들더니 집으로 곧장 향하였다. 마치 손녀가 본인을 창피해하는 것을 직감으로 아는 듯,

평상시답지 않은 빠른 걸음으로 사라졌다. 할매가 사라지자 어리둥절해하는 친구 손을 잡고 얼른 그 자리를 떠났다. 그리고 할매가 준 오천 원은 집에 가는 길에 친구와 노래방비로 썼다.

멍청한 년. 엄마 말대로 철딱서니 없어도 한참 없는 년.

내가 노래방에서 한 시간 만에 쉽게 써버린 그 돈은 하루 종일 할매가 발바닥이 부르트도록 동네를 돌아다녀서 폐지를 모아 되팔아 얻은 돈인데. 할매의 땀과 눈물로 얼룩진, 피 같은 돈인데. 지금 그때를 생각하면 할매한테 너무나 미안해서. 할매를 부끄러워하던 나 자신이 너무나 부끄러워서. 할 수만 있다면, 그때로 돌아가 내 머리를 손으로 콱 쥐어박고만 싶다.

병을 모아 되파는 엄마.

하루 종일 폐지를 모아 돌아다니는 외할매.

내가 비웃고, 욕하고, 창피해하는 그 지지리 궁상병이 알고 보면 가족을 위해 그들이 희생함으로써 흘린 눈물과 땀인데. 그들의 희생이 있었기에, 지금의 내가 있을 수 있는데. 어리석은 나는 왜 깨닫지 못했을까. 그리고 깨닫고 나서도 여전히 나는 잘못을 되풀이하고 있는지. 제일 사랑하고 소중히 대해야 할 존재를 오늘도 어김없이 함부로 대하고 상처를 주고 말았다.

매번 욕하며 싸우고 뒤돌아서서 후회하는. 그것은 마치 끊임없이 돌고 도는 애증의 뫼비우스 띠와 같다. 애증의 뫼비우스 띠에서 있는 우리. 언제쯤 그 띠를 완전히 잘라내고 서로의 손을 꼭 잡은 채, 따뜻한 온기로 감싸 안을 수 있을까.

애증의 뫼비우스Ⅱ:
설거지가 뭐시라고

정효진

쾅!

문을 거칠게 여는 소리에, 방에서 누워 TV를 보고 있던 열 살 남짓한 꼬마 여자아이와 중년의 여성은 놀란 나머지 벌떡 일어나 고개를 뒤돌아본다.

"이런 X 같은 XX! 밥 처먹으면 설거지를 해놔야 될 거 아냐!! 이런 우라질!"

이윽고 분노로 가득한 노파의 음성이 천장을 쩌렁쩌렁 울린다. 그리고 열린 문 사이로 씩씩 숨을 거칠게 몰아쉬며 서 있는 노파의 모습. 가뜩이나 주름진 노파의 미간은 더욱 찌푸려져 있었고, 노파의 표독스러운 입에서는 여자애가 도통 알아들을 수 없는 단어의 욕설이 마구 튀어나온다. 설거지는 잠시 미뤄둔 채 꼬마 여자아이와 누워있던 중년 여성은, 그 순간 노파의 눈엔 대역 죄인과 다를 바 없는 듯하다. 성난 노파의 고함에 중년 여성은 억울함과 서러움 섞인 표정을 지으며 노파에게 목소리를 높여 말했다.

"엄마 그게 아니고! 난중에 하려고 하는데…"
"마 시끄릅따! 닌 처먹을 줄만 알고 설거지는 할 줄 모르나!"

노파의 계속된 호통에 이윽고 중년 여성의 눈에서 눈물이 마구 흘러내린다. 서러움과 원망이 가득한 얼굴로 중년의 여성 또한 노파에게 맞서 소리를 꽥 지른다.

"엄마는 모처럼 딸이 친정집에 왔는데 말을 그런 식으로밖에 못 해? 그깟 설거지가 뭐라고! 여태껏 살아오면서 엄마가 나한테 해준 게 뭐가 있다고!! 엄마는 매번 나한테만 이라노!"
"니 뭘 잘했다고 대드노! 피곤해 죽갔으니 시끄럽게 떠들지 말고 니네 집 가라! 얼른 가라!!"
"그래! 집에 갈 끼다! 이따위 망할 집구석! 가지 말라 해도 간다고! 내 두 번 다신 오나 봐라!"
"그래 가라! 이년아!"

쾅!

이번엔 반대로 중년 여성이 꼬마 여자아이의 손을 거칠게 잡아 일으키고는 문을 세차게 열고 나간다. 허둥지둥 중년 여성의 손에 붙들려 버스 정류장으로 걸어가는 꼬마 여자아이는 정신이 없는 와중에도 연신 그녀의 눈치를 살핀다. 버스를 타고 자리에 앉은 중년 여성과 꼬마 여자아이. 집으로 가는 버스 안에서 여전히 감정이 추슬러지지 않는지, 중년 여성의 눈에는 눈물이 끊이지 않는다. 버스 안에서 소리 죽여 흐느껴 울고 있는 중년 여성 옆에 앉은 채, 그녀를 올려다보고 있는 여자애는 그녀를 향한 연민에 마음이 미어진다.

중년 여성을 바라보며 마음속으로 숨죽여 울던 여자아이. 내가 기억하는, 당시 열 살 남짓했던 내 모습이다. 위의 중년 여성은 엄마. 엄마에게 소리 지르던 노파는 나의 엄마의 엄마, 즉 외할매인 셈.

삼십 년도 더 지난 과거지만, 나는 아직도 당시 상황을 또렷이 기억하고 있다. 기억이 생생한 이유는 아마 상처받은 엄마만큼이나 어린 마음에 나 또한 상처를 받아서 일지도. 그리고 상처를 줬음에도 불구하고 본인 역시 상처받아 뒤에서 남몰래 울고 있었을, 또 한 사람. 할매 그녀 또한.

내 기억 속 엄마와 할매의 모습은 별로 행복한 적이 없었던 것 같다. 서로 얼굴 볼 때면 정말 별것도 아닌 일로 싸우고, 아무튼 매번 저런 식이었다. 싸울 때마다 엄마는 아들만 챙기고, 정작 본인은 무시하고 챙겨준 적 없다고 땍땍거렸다. 할매는 총 5남 1녀의 자식을 두었고, 그중 엄마는 셋째이다. 엄마는 아들만 득실한 집에 유일한 딸이었다. 엄마 딴엔 집안의 유일한 딸임에도 불구하고, 늘 차별받아 서러웠던 모양이다. 반면, 할매는 엄마의 목소리가 듣기 싫어 귀를 막은 채 빨리 눈앞에서 사라지라며 손사래를 쳤다.

엄마 말 따라 할매는 정말 아들만 예뻐하고 딸을 미워했던 것일까? 한참 세월이 지나 머리가 백발이 되어 버린, 그때의 할매 나이가 된 엄마는 내게 이렇게 말했다.

"할매가 그 당시에 피난 나와서 자식 키우느라 고생 많이 했지. 찢어지게 가난해서, 그저 먹고 사는데 바빠서, 내하고 손잡고 얘기 나눌 시간조차 없었다. 그래. 엄청 고생했지. 제대로 먹지도 못하고 만날 일만 하고. 그리 일만 쌔가 빠지게 하다 자식들한테 밥 한 끼 못 얻어먹고 죽었다 아이가. 지금 살아있었으면 내가 보약이라도 한 채 해먹이고 그랬을 낀데…."

"아이고…엄마는 지금 와선 이렇게 얘기하네. 옛날엔 만날 할매 볼 때마다 원망해놓고선. 이제 와서 와 딴소리고."

"그게 아니고! 그땐 너무 가난해서, 상황이 안 좋다 보니 서로 마음의 여유가 없었던 기라. 하긴…. 할매가 그 나이 되도록 하루 종일 밖에서 일하고, 또 집에 와선 밥하고 빨래하고 쉴 새가 없는데. 싱크대에 떡하니 설거지 쌓여 있는 것 보면 월매나 짜증이 났겠노. 내가 지금 이 나이 되어보니 이제야 할매 심정 이해되는 기라. 니도 난중 시집가서 자식 낳아 엄마가 되고 나면, 그땐 내가 하는 말이 뭔 말인지 알끼다."

사람은 살아온 세월만큼, 많은 경험들과 그로 인한 삶의 깨달음이 축적되면서 비로소 철이 드는 것일까. 엄마의 마음속 원망의 그림자는 물러나고, 대신 애틋함과 그리움이 드리운 듯 간간이 엄마는 할매를 추억하곤 했다.

그 나이대 다른 여자애들처럼 어여쁜 저고리에 꽃 물든 치마를 입고, 곱게 분칠한 얼굴엔 수줍은 미소 한가득이었을 소녀. 허나 꽃다운 나이에 시집와 애기 젖 먹이곤 밭일하러 나가기 일쑤에, 거울 볼 시간조차 없어 매일같이 너덜너덜한 누더기 옷과 흙이 잔뜩 묻은 신발을 신고 있는 자신의 모습도 모른 채… 하루하루 먹고사는 일에만 겨우 연명했을 여인.

어느덧 시간이 지나 고운 얼굴과 손은 온데간데없고 세월의 흔적만큼이나 주름이 자글자글해진 모습이 되어 버린 여인이다. 엄마의 회상 속에 할매는 더는 아들과 딸을 차별하는 무심한 엄마가 아니라 그저 한평생 자식 뒷바라지하며 고생만 하다 가버린, 애처로운 여인의 모습으로 남아있는 듯하다.

하지만 자동차 급발진마냥 급작스러운 엄마의 감정 변화를, 나는 처음에는 도무지 이해할 수 없었다. 할매를 원망하던 엄마의 모습 이면에는 늘 엄마를 함부로 대하던 그녀의 그림자가 있었기 때문이다. 내가 기억하는 할매는 그런 사람이었기에, 그녀에 대한 내 감정이 좋을 리가 만무하다.

"엄마가 니 낳았을 적엔…."

깊은 회상에 젖은 엄마는, 나를 출산했을 당시 상황에 대해 이야기하기 시작했다.

오빠를 낳았을 때는 첫 출산인데다가 조만간 탄생할 아들에 대한 기대감으로, 당시 선원이었던 아빠는 휴가를 내어 엄마의 출산을 옆에서 지켜보았다고 한다. 더불어 시댁 식구들도 엄마가 무사히 출산할 때까지 옆에 있어 주었다고 했다. 거의 난산에 가까운, 오랜 진통 끝에 첫아들이 세상 밖으로 나왔을 때 모두들 매우 기뻐하며 축하해줬다고 했다. 어쩜 우리 오빠는 태어날 때부터 부모 속 썩이는 운명인지. 손 많이 가는 일, 돈 드는 일은 죄다 오빠 차지다.

하지만 두 번째 출산. 즉 딸인 나를 출산했을 당시 상황은 정반대.

아빠는 육지를 떠나 배에 있었고, 시댁 식구는 아무도 안 온 채 엄마 혼자 병실에서 진통을 겪으며 출산 준비를 하였다고 한다. 그때 할매는 혼자 남겨진 딸에 대한 걱정에 일손을 멈추고 한달음에 달려왔다고 한다. 몰려오는 피곤과 졸음으로 인해 무거워지는 눈꺼풀을 연신 말아 올리며, 할매는 얼마나 긴 시간 동안 엄마 옆을 지키고 있었을까.

오랜 시간 지켜본 끝에 엄마가 나를 무사히 출산한 것을 확인한 후, 비로소 안도의 한숨을 내쉰 할매는 다시 일터를 향해 병원 밖을 나섰을 것이다. 지쳐 잠에 곯아떨어진 엄마가 한참 지난 뒤 눈을 떴을 때 보였던 것은, 의자에 놓인 검은 비닐봉지. 검은 비닐봉지 안에는 참외 다섯 개가 있었다고 한다. 그리고 기나긴 시간이 흘러 내가 성인이 되고 나서야 알게 되었다.

엄마가 좋아하는 먹을거리가 바로 과일인데, 그중에서 참외를 가장 좋아한다는 사실을.

"아…그랬구나. 할매는 그랬었구나."

오랜 시간이 흘러 그제야 알게 된, 참외 속에 담긴 할매의 진심.

할매의 진심을 깨달은 순간, 비로소 내 눈앞을 뿌옇게 막고 있던 안개가 마치 마법같이 사라짐을 느낄 수 있었다. 그리고 나서야 비로소 제대로 볼 수 있었다. 그것은 무심하고 악독한 노인네의 모습이 아니라 그저 사랑에 서툰, 초라하고 안쓰러운 여인의 모습이었다.

잘해주지 못해서 지금 생각해보니 너무 미안하고, 원망만 한 자신이 너무 후회된다고 말하는 엄마에게서 할매의 모습이 오버랩 되었다.

나 역시 미안하다고. 너도 똑같은 내 자식인데 못난 애미가 배운 게 없어서, 표현할 줄 몰라서. 삶의 여유가 없어서 너한테 따뜻한 말 한마디 못 해줘서 너무 미안하다고, 너무 후회된다고. 하지만 늘 사랑하고 있었다고. 할매가 살아있었다면, 그녀 역시 지금 그렇게 말하지 않았을까?

모처럼 친정집에 놀러 온 딸에 대한 반가움에 앞서 당시 삶의 고단함이 너무 컸기에.

할매는 그깟 설거지 하나로 딸에게 악다구니를 쓴 자신을 곱씹어 보곤, 뒤돌아 후회했을지도.

곧 있으면 퇴근해서 올 아들의 밥상을 차리다 말곤(당시 이혼한 외삼촌이 할매 집에 얹혀살고 있었다. 할매는 매일 아들의 밥상만 차려줬지, 정작 본인은 죽는 순간까지 아들 부부가 차려준 밥상을 단 한 번도 받아 본 적이 없었다.) 정작 딸에겐 따뜻한 밥 한 끼 제대로 해 먹인 적이 없음을 깨닫고는 눈시울을 붉혔을지도 모른다.

두 여인은 만나면 서로 으르렁대기만 했지, 단 한 번도 얼굴을 마주보고 속 깊은 대화를 해 본 적이 없다. 사람에게 주어진 시간이 그리 짧고 덧없이 끝날 줄 몰랐을 것이다. 억척스러운 성격만큼, 천년만년 장수할 것만 같았던 할매가 갑작스럽게 하늘나라로 갈 줄은.

"흐흑…언니야. 할매 죽었다. 심장마비로."
"뭐? 그게 뭔 말이고! 할매가 갑자기 와 죽노?"

고등학교 2학년 때였다. 수업 도중 연락 온 사촌 동생의 전화 한 통에 정신이 멍해졌다.

큰 외삼촌이 술을 잔뜩 먹고는, 밤늦게 찾아와 술주정을 부린 것이 화근의 씨앗이었다. 삼촌들끼리 말다툼 끝에 몸싸움으로 이어지자, 옆에서 지켜본 할매가 놀란 나머지 그만 심장마비로 그 자리에서 사망한 것이다. 평생 속 썩이는 아들놈들 뒷바라지만 실컷 하다가, 써글넘의 아들놈들 때문에 허망하게 생을 마감한 모습이라니.

장례식을 치르는 내내 엄마는 그저 넋이 나간 얼굴이었다. 할매를 떠나보내며 대성통곡하는 모습은 찾아볼 수 없었다. 그저 텅 빈 눈으로 장례를 치른 후 집에 돌아온 엄마는, 힘없이 며칠을 누워만 있었다. 할매가 죽고 한참 세월이 지난 어느 날이었다. 그날은 예전에 할매와 엄마가 서로 악다구니 쓰며 싸우던 모습과 똑같이, 나와 엄마가 소리 지르며 싸우던 날이었다.

"으흐흑! 엄마! 보고 싶어. 흐흑!! 엄마!"

나 때문에 속상한 나머지, 엄마는 풀썩 바닥에 주저앉아 대성통곡하였다. 그리고는 할매를 애타게 부르며 한참을 어린애처럼 울었다. 살아생전엔 두 번 다시 보지 않겠다고, 꼴 보기 싫다고 욕하던 두 사람이었는데. 이제 정말 못 보게 되니, 되레 보고 싶다고 흐느껴 우는 엄마. 그리고 참외를 갖다주곤 조용히 자리에서 사라진 할매. 사랑에 서툰 영혼들이라서, 단 한 번도 서로를 따뜻하게 보듬어 주지 못한 그녀들. 깊이 묻어둔 마음을 꺼내 보이지도 못한 채, 그리 허무하게 떠난 것이다.

영화 인터스텔라처럼 시간의 중력을 벗어나 과거로 갈수만 있다면….

울고 있는 엄마, 그리고 다른 한편에 숨죽여 울고 있을 나의 엄마의 엄마.

달려가 두 사람 모두 있는 힘껏 껴안아 주고 싶다.

다독거리며 따듯한 위로와 함께 말해주고 싶다.

지금 이 순간 놓치고 나면 평생을 두고두고 가슴에만 담아둘 흔해빠진 한마디.

사랑한다고.

우울과 싸우다 허무와

어깨동무 하는 법을 배운 아이는

타오르는 태양 같은 아이를 만나

어른이 되어가는 중이다.

다정다감한 어린이와 함께

이제 구름 같은 삶이 아니라

나무 같은 삶을 이어가기로 한다.

딸에게로 가는 길

허 실

지는 해와 평온한 작별을
뜨는 해와 행복한 만남을

– 가오싱젠

정면승부

니체는 괴물과 싸우며 스스로 괴물이 되지 않기 위해 심연을 들여다보지 말라고 했다. 나는 오랫동안 심연을 외면하는 데 성공했다. 극복하는 위버멘쉬가 되고자 노력했으나, 삶은 그리 호락호락하지 않다. 내가 회피하는 동안 심연은 나를 짓눌러왔고 납작해진 내 자아는 텅 빈 채 둥둥 떠다녔다. 심연으로부터 도망친 죄로, 기억을 잘 못 하는 상벌을 받고 있다. 딱히 생각나는 추억도 없다. 특히 유년 시절의 기억이 통으로 사라지고 없다. 삶을 살아내려면 삭제할 수밖에 없었던 자기방어의 흔적일 테다. 일상을 기억하는 것도 게으른 주제에 기록조차 등한시했다. 내가 뱉어낸 감정 쓰레기를 마주보기가 싫었다. 배설해내는 족족 버렸다. 화장한 재를 바다에 뿌리듯 훌훌 털어버렸다. 감정의 파편은 책에서 빌려온 문장으로 채워나갔다. 실체는 없애버리고 잔상만 남기는 나름의 치유 방식이다. "살면서 가장 행복했던 순간이 언제야?" "힘들었던 때는 언제였어?" 흔히들 묻곤 한다. 기억을 되살릴 기록이 없다.

부모라는 자리에 서게 되자, 아이의 정서적 필요가 나를 압박한다. 경험하지 못한 것을 내어주기란 쉬운 일이 아니다. 감정을 글로 배웠다. 책에서 배운 대로 했지만, 조금만 의식의 끈을 놓으면 으레 무의식의 '나'가 튀어나와 아이에게 상처를 준다. 감정을 억압하고 회피하며 살아왔던 나에게 끝도 없는 애정을 갈구한다. 당연히 주어야 할 사랑이지만, 사랑을 주는 방법도 표현하는 방법도 배우지 못한 채 성인이 된 나는 막막하다. 이대로는 나보다 나은 아이로 길러낼 수 없겠다는 생각이 들었다. 고장 난 나를 고치자. 현재의 고통을 직시하고, 나를 상처입힌 자를 마주 보며, 나를 치유하자. 아이에게 온전한 부모가 되자. 알을 깨고 나올 시간이 되었나 보다. 안온했던 평정심에 물수제비를 뜰 시간이다.

054-954-2044

내 기억의 첫 장은 응급실이다. 일고여덟 살쯤인가보다. 손허리뼈가 보일 정도로 깊게 베여 살이 보글보글 덜렁덜렁 한 채로 응급실로 걸어 들어간다. 23바늘을 꿰맸다. 울지 않았다. 아마도 흔히 말하는 영혼이 이탈한 상태였으리라. 고통이 심하면 오히려 현실감이 없어진다. 나는 오른손 왼손 구분을 잘한다. 한 번도 헷갈린 적이 없다. "밥 먹는 손이 오른손이야." '나는 양손잡이인데. 상처 있는 손이 왼손이군. 아, 쉽다.' 왼손과 오른손을 구분하기 위해 상처를 더듬을 때마다 기억을 조금씩 날렸다. 그날의 기억은 흐릿해지고 아픔만 남았다. 상처는 시간이 지나도 없어지지 않는다. 선명했던 바늘 자국이 살 속으로 조금씩 스며들 뿐.

유년기 시절을 외가 곁에서 보냈다. 도시에서 태어났으나 기관지가 약해 입·퇴원을 반복하다 공기 맑은 시골로 가라는 의사 말에 외가 근처로 이사 왔다고 한다. 외할머니가 차려주신 시골 밥상으로 육체를 빚고, 외할머니의 자전거와 외할아버지의 오토바이 뒷자리에서 인간성을 빚었다. 내 차가운 파란 피 사이 흐르는 가느다랗지만 뜨거운 빨간 피는 두 분 덕분에 항상성을 유지하고 있음이 분명하다. 나는 울지 않는 아이였다. 감각의 문을 닫고 살던 아이는 20대 중반에, 홀로 외할아버지의 임종을 맞이하며 처음으로 목 놓아 울었다. 몇 년 후 외할머니도 할아버지의 뒤를 따라가셨을 땐 평생 흘릴 눈물을 다 쏟아낸 줄 알았다. 그렇게 내 첫 우주를 잃었다. (감히 외할머니, 외할아버지께 '外'자를 붙이고 싶지 않으나 통상적으로 구분하기 위해 어쩔 수 없이 썼다. 한스럽다. 두 분은 세상 누구보다 나와 '親'했기 때문이다.)

아빠는 대형유조선 기관장이다. 한두 해를 바다에 둥둥 떠다니다 두세 달 육지에 발을 디딘다. 아빠가 집에 있는 그 기간이 나에겐 천국이자 지옥이었다. 아빠는 나에게 한 번도 손찌검이나 욕을 한 적이 없다. 귀한 무남독녀라고 아주 예뻐했다. 혹여나 엄마가 나를 "가시나"라고 부르면, 아빠는 엄마를 혼냈다. 아빠는 원리원칙을 따지고 예절을 중시했다. 말 그대로 엄격한 아버지 밑에서 자랐다. 자애로운 어머니는 없었지만.

딱 한 번 가족외식을 한 적이 있다. 돼지갈빗집이었나보다. 배고픈 아이는 처음 보는 갈비를 열심히 뜯었다. 아빠 엄마 모두 애가 뼈까지 싹싹 발라 먹는다며 웃었다. 아이가 마흔을 바라보는 나이가 될 때까지 부모란 사람들은 30년도 더 지난 갈비 이야기만 한다. 우리 가족은 나눌 게 뼈만 남은 사이다. 이 기억이 유일한 추억의 분류에 속한다. 정작 나는 기억이 나지 않는다. 두 사람의 진술이 나의 기억으로 각색된 경우인데, 사실이려니 한다.

내가 실수를 하거나 실패를 하면, 아빠는 덜렁대는 엄마를 닮았다고 혼냈고, 엄마는 융통성 없는 아빠를 닮았다고 혼냈다. 뭐 어쩌라고 싶다. 그냥 솔직히 서로가 싫다고 하면 될 것을 가운데서 애먼 나만 등이 터졌다. 이런 행태를 보며 나는 내 아이에게 상대 배우자 흉은 보지 않으리라 결심했다. 잘난 건 날 닮은 탓이오, 못난 건 널 닮은 탓이오, 타령도 하지 않을 테다. 엄마 아빠 밑에 엄마 아빠 닮은 자식이 나오는 건 당연지사다.

우리 집은 외가에서 조금 떨어진 읍내에 있는 아파트였다. 아빠가 귀국했다. 밤이 되어 고성이 오가면 나는 전화를 건다. 외할머니댁에. 아직도 기억하는 유일한 집 전화번호. 054-954-2044. 지금도 공포가 엄습할 때면 습관처럼 누르는 그 번호. 내 손에 상처가 생긴 그날도 어김없이 전화했을 것이다. 울면서. 밤만 되면 아빠와 엄마가 싸운다. 머리 위로 집기들이 날아다니고 가슴팍으로 비수들이 꽂힌다. 싸움을 말리다 진짜 등이 터졌다. 무섭고 두려운 아이는 외할머니에게 전화한다. 외할아버지가 오토바이로 나를 태워 간다. 그렇게 부모에게서 멀어져 간다. 살았다.

빈집

시골에 살던 엄마와 나는 명절과 제삿날만 되면 아빠 없이 시외 버스를 타고 할머니 집으로 간다. 세 시간 버스를 갈아타고 가서 사흘을 버려야 하는 무의미한 시간이다. 아들이 넷, 딸이 둘인 친가에 며느리는 엄마 혼자다. 며느리만 없었지 손주들은 많다. 작은아버지 아들 한 놈만 빼고 엄마와 나와 사촌 언니들은 기름에 몸을 담근다. 그렇게 차린 제사상에 남자들만 절을 하고, 끝나면 상을 따로 두고 밥을 먹는다.

할아버지는 처음부터 없었고, 할머니는 지독한 담배 연기를 내뿜는 악독한 할망구였다. 당뇨 합병증으로 죽기 전까지 그 흔한 밥상 한 번, 얼마 안 될 용돈조차 받아본 적이 없다. 세배를 하면 천 원 받는 게 다였다. 어느 날 배가 고팠던 나는 할머니에게 먹을 게 없냐고 물었다. 시선은 텔레비전에 고정한 채 턱으로 주방을 가리키며 라면이나 끓여 먹으란다. 옆에서 나보다 한 살 어린 손주 놈이 배고프단다. 할머니는 갑자기 벌떡 일어나더니 밥을 차려 줬다. 일 인분만. 자매들은 스스로 냉장고 파먹기가 일상이다. 할머니가 죽었다는 소식을 들었을 때 가지 않았다. 당연히 울지도 않았다.

세관과 항구가 있는 도시로 이사를 왔다. 아빠는 저녁 식사를 마치면 으레 엄마와 나를 곁에 앉혀 두고 혼자 술을 마신다. 많이도 아니고 딱 소주 한 병. 술 심부름은 늘 내 차지였다. 아파트 상가 마트로 가서 주인아저씨에게 익숙한 주문을 한다.

"소주랑 오징어 한 마리 주세요."

어찌나 수치스러웠는지 모른다. 아이에게 술 심부름을 시키는 부모의 부끄러움은 어이없게도 내 몫이었다. 아빠는 그렇게 사다 바친 술을 다 비우고 잠자리에 들기 전까지 우리를 재우지 않는다. 고문이 따로 없다. 긴 시간 동안 적은 양의 술을 마신다. 알코올을 섭취하며 시간차 해독을 한다. 덕분에 인사불성이 된 아빠를 본 적은 없다. 그게 더 무섭다. 이 지긋지긋한 시간 동안 아빠 비위를 잘 맞춰야 한다. 젠장, 삐끗했다.

엄마는 고분고분하고 순종적인 아내가 아니었다. 말다툼이 오간다. 대피 신호가 울렸다. 주먹과 발길질이 오간다. 오늘은 엄마가 버펄로 뿔인지 코끼리 상아인지를 집어 던졌고, 아빠는 칼을 들었다. 지금까지 싸움이 나면 항상 중간에서 떠밀려 다니며 말렸다. 그런데 칼을 본 순간 마음을 고쳐먹었다. '나부터 살자. 이 인간들이 서로 죽이든 말든 다시는 내 몸에 상처를 내지 말자.' 차라리 서로 죽여버리라고 기도했다.

아마도 중학교 때였던 듯하다. 이제는 부모가 싸운다고, 엄마가 맞는다고 외할머니댁에 전화하는 행동이 두 분께 고통만 안겨 드린다는 사실 정도는 알 나이였다. 112에 신고했다. 할머니 할아버지 대신 경찰이 왔다. 앞집 아줌마도 왔다. 가정 폭력에 시달려 이혼하고 혼자 아이 둘을 데리고 살던 앞집으로 나는 피신했다. 경찰은 쑥대밭이 된 집을 보고도 집안일이니 가정 내에서 잘 해결하시라며 돌아갔다. 그 순간 나는 세상을 배웠다. 자신은 스스로 지켜야 한다. 미성숙한 어른은 아이의 울타리가 될 수 없다. 무신경한 사회는 타자를 돕지 않는다.

사태가 사태인지라 아예 없었던 일인 양 지낼 수는 없어, 할 수 없이 외할머니께 전화를 드렸다. 두 분도 이번엔 딸을 그냥 두지 않으셨다. 점잖은 외조부모는 여태 단 한 번도 아빠를 혼내거나 탓하지 않으셨다. 항상 망망대해에 떠다니는 불쌍한 영혼이라고 위로해주셨고, 고생한 사위 왔다며 온갖 진수성찬에 술상을 봐주셨다. 진짜 좋아서가 아니라 당신들의 행동이 행여나 딸에게 해가 될까 저어하는 심정이셨음을, 어른이 된 나는 안다. 외할아버지께서 돌아가시기 전에 말씀해 주셨다. 밤만 되면 외할머니는 전화기 앞에서 벨이 울리지 않기를 바라며 나를 기다리셨고, 외할아버지는 오토바이 키를 옆에 두고 담배를 태우셨다고. 할아버지의 폐암과 할머니의 자궁암에 내가 한몫한 건 아닌가 죄책감이 든다.

결국, 엄마는 집을 나갔고, 문자 그대로 풍비박산이 된 집에 아빠와 덩그러니 둘만 남겨졌다. 실존의 위협을 받은 나는 공허와 마주했다. 불안과 우울을 친구 삼아 지냈고, 허무와 염세주의에 빠져들었다. 중2병을 제대로 앓았다. 내 아이디는 empty_house였다.

단칸방 모녀

엄마가 자리 잡으면 데리러 오겠다며 하고 나가버린 기간 동안 나는 친구네 집에 맡겨졌다. 기계에 밝은 아빠와 컴퓨터 수리점을 하던 그 아이 아빠는 죽이 맞았다. 차분하고 고상하던 그 아이 엄마는 나를 불쌍히 여겨 친구 방, 바닥에 자리를 내어주었다. 밤에 책 좀 보려고 구석에 웅크려 스탠드를 켰는데, 그 아이 엄마가 들어와선 친구가 밝으면 잠을 못 잔다고 불을 꺼버렸다. 비참했다. 아빠는 혼자 집에서 밤낮없이 술로 세월을 보냈다.

성적이 조금 떨어졌다. 100점 맞다 95점 맞은 정도였는데 공부 안 한다고 청소기가 부서지도록 맞았다. 약자에게 가하는 폭력은 가장 손쉬운 스트레스 해소법이다. 완충 역할을 하던 엄마가 없으니 내 차례가 왔나 보다. 아빠한테 맞은 건 그때가 처음이자 마지막이었다. 그날 밤 아빠는 숨죽인 채 잠든 척하고 있던 내 방에 들어와 멍이 든 다리에 연고를 발라주며 울었다. 토악질이 올라왔다.

일 년 후, 집을 나간 엄마와 다시 만났다. 나는 생존을 위해 계산했다. '아빠는 나를 양육할 수 없다. 배 타고 나가버리면 연락도 잘 안 된다. 아마 할머니나 고모들에게 떠맡겨지겠지. 엄마를 잡아야 한다.' 나를 구출할 의무가 엄마 당신에게 있음을 고지했다. 하찮은 자존심에 당돌하게 서술했지만, 사실은 이랬다.

"엄마, 제발 나도 데리고 나가줘. 가난해도 상관없어. 몸이 힘든 건 참을 수 있어. 마음이 편해야 사는 거지. 죽고 싶어."

비루하게 매달렸다. 이제 불평은 나의 권한이 아니었다. 남에게 부탁하기 싫어하는 성격은 이때 형성되었으리라. 부채 의식에 승부수를 띄운 협박에 성공한 나는 엄마와 단칸방으로 이사 갔다.

가해자들은 결국 파경을 맞았다. 피해자의 염원이었다. 물론 법정에 출석해 "엄마랑 살래? 아빠랑 살래?"라는 판사의 질문에 "엄마랑 살래요."라고 착실히 대답한 후에 가능한 일이었다. 친권은 아빠에게, 양육권은 엄마에게 갔다. 엄마와 살겠다고 대답하자 아빠는 배신감에 치를 떨며 처음으로 내게 욕을 했다. 우리 부녀의 연은 여기서 끊어졌다.

처음에는 자존감이 바닥을 친 암울한 상황에서 벗어나 행복했다. 아빠는 외화로 월급을 받았기 때문에 IMF 당시 오히려 더 벌었다. 육체의 편안함과 경제적 여유를 잃는 대신 마음의 평화는 얻을 줄 알았다. 얼마 못 가 나는 폐소공포증에 걸렸다.

어딘지는 기억나지 않으나, 어느 화장실에 갔다. 샷시에 위쪽이 유리로 된 문이었다. 화변기만 겨우 들어가는 좁은 공간이었다. 볼일을 보고 나오려는데 문이 잠겼다. 소리를 지르고 아무리 불러봐도 대답이 없었다. 호흡이 가빠지고 심장이 쪼여왔다. 발광을 하다 갇힌 채로 죽을 것 같아서 창문을 발로 차 유리를 다 깨고 나왔다. 그제야 소리를 들은 사람들이 달려와 119를 불렀다. 안전유리였으면 발목이 절단될 뻔했다고 겁도 없다고 혼이 났다. 비산방지가 안 된 유리라 산산조각이 나 다행이었다고 한다. 좋은건지 나쁜건지 모르겠다. 안전에 민감하지 않았던 시대 덕에 복숭아뼈 위를 조금 꿰매고 그쳤다. 아직도 좁은 엘리베이터나 창문이 없는 곳에 있으면 견디기 힘들다.

방랑

가난은 사람을 초라하게 만든다. 이른바 결손가정은 육성회비와 급식비를 면제해줬는데, 가난을 공공연히 증명하는 방식이었다. 알량한 자존심에 그게 너무 싫어 엄마에게 무릎 꿇고 부탁했다. 내가 돈 벌어서 급식비를 내든지, 밥 안 먹어도 되니까 신청 안 하면 안 되냐고 빌었다. 단칼에 거절당했다. 내 명예는 쌓기도 전에 무너졌다.

돈 필요하다는 말을 하기가 죽기보다 싫었다. 한 마디 내뱉으면 열 마디 푸념을 들어야 했다. 엄마의 돈돈돈 소리가 지긋지긋해, 갖고 싶은 게 있으면 수 천장 전단을 돌리고 1, 2만 원 일당을 받아 사곤 했다. 성인이 된 후로는 엄마에게 한 푼도 받지 않았다.

고등학교 때 빈혈과 협심증이 심해져 픽픽 쓰러졌다. 내가 가진 모든 병의 원인은 스트레스였다. 그딴 나약한 정신상태로 험한 세상 어찌 살겠냐고 핀잔을 들었다. 맘 편히 아픈 것도 용납되지 않았다. 아프다고 말하면 온갖 짜증을 받아내야 했다. 고통을 나눌 수 없는 사이였다.

부서지고 낮은 담은 걸리적거리기만 한다. 일단 집을 탈출하자. 엄마와 함께 있으면 숨이 막혀 질식할 것 같았다. 같이 밥 먹는 게 제일 싫었다. 대학교 게시판에 붙은 일본 교환학생 선발 안내문을 봤다. 이거다! 엄마에게는 비밀로 한 채 준비했고, 합격하고 나서 통보했다. 살면서 제일 기뻤던 순간이었다.

도피 유학은 고난의 행군이었다. 외국인등록증을 만들러 시청에 가는 길이었다. 굳이 태워주겠다며 강제로 탑승시킨 튜터의 만행으로 퇴행성 관절염을 얻었다. 비가 오면 시큰시큰 저려와 잊을 수가 없다. 덤으로 2주 만에 10kg의 지방도 얻었다. 원하지 않는 호의는 민폐다.

"車がとまらない(차가 멈추지 않아)!!"

브레이크가 고장 났나 보다. 소리를 지르며 패닉에 빠져 있길래, 내가 핸들을 꺾어 가로수를 받았다. 정지신호에 멈춘 앞차를 받는 것보다 낫다고 순간 판단했다. 일본은 운전석이 오른쪽이라 왼쪽에 앉아 있던 나만 다쳤다. 며칠 후 지나가다 만난 나를 보고 고물차 수리비가 50만 엔이나 나왔다며 울상을 짓는 게 아닌가. 아무런 보상도 사과의 말도 없었다. 튜터를 바꿨다.

일본에서 돌아오니 내 방이 없어졌다. 엄마의 남자와 데면데면한 사이로 한집에 살기 껄끄러워 집을 나왔다. 고시원에 둥지를 틀고 대학을 졸업했다. 부유한 사람은 가난에도 비용이 든다는 걸 이해 못 한다. 차비가 없어 걸어 다니며 시간을 허비한다. 보증금이 없어 고시원 쪽방에 월세 30만 원을 줘야 한다. 친구들이 술집에서 선후배들과 친목을 다질 때, 나는 각종 아르바이트를 했다. 숱한 성희롱과 성추행에도 익숙해졌다. 이 시절 후유증으로 특정 직업군에 대한 편견이 생겼다.

생활비를 벌기 위해 밤엔 일하고, 장학금을 받기 위해 낮엔 공부했다. 잠을 줄이고, 끼니는 대충 때웠다. 차려 먹는 밥이라 봤자 고시원에서 무료로 제공되던 김치와 밥으로 만든 김치볶음밥이 전부였다. 그때 너무 물려 김치볶음밥은 쳐다보지도 않는다. 내가 지금 온갖 면역질환에 시달리는 이유는 이때 미리 생명력을 당겨 썼기 때문일 것이다. 부족한 수면과 엉망진창 영양 상태는 갚을 수 없는 빚이다.

출도피기

나의 다음 도피는 결혼이다. 적당히 좋아서 결혼했다. 열정에 대한 불신이 있다. 남편은 자상하고 부드러운 사람이다. 시부모님도 좋은 분이었다. 엄마라 불러야 할 사람이 몇인지, 아빠라 불러야 할 사람이 몇인지 세어보길 포기한 헌 부모들은 버리고, 새 부모를 가지기로 했다. 그렇게 나만의 새로운 가정을 꾸리기로 마음먹었다.

사람 일은 마음대로 되는 게 아니라더라. 아이가 세 살. 결혼하고 신혼도 없이 생긴 허니문 베이비였다. 바람피운 기간 4년. 하하하. 내 두 번째 우주가 무너졌다. 불행의 씨앗을 품고 자란 사람은 불행의 열매를 거두나 보다.

드라마 '부부의 세계' 1화를 보는 내내 욕지기가 치밀어 올라왔다. 가슴이 답답해 숨을 쉴 수가 없었다. 화로 온몸이 경직되었다.

엔딩을 보고 바로 토했다. 너무나도 내가 처했던 현실과 닮아있어서. 나를 뺀 주변 모두가 사실을 알고 있었을 뿐 아니라 같이 먹고 마시고 여행 다녔다. 가장 친하게 생각했던 내 선배이자 그 사람 친구에게도 발등이 찍혔다. 믿을 놈 하나 없었다. 원래도 인간에 대한 신뢰가 없었지만 남은 인류애마저 다 사라졌다.

엄마에게 결혼 생활의 어떤 어려움을 말한 적도, 도움을 받은 적도 없다. 친정은 없다고 생각하고 살았다. 산후조리할 때도 바쁘다고 오지 않던 사람에게 뭘 바라랴. 도의상 엄마에게 이혼할 거라고 말했다. 되돌아온 개소리는 상상을 초월했다.

"나라도 바람나겠다. 여자가 꾸미지도 않고 퍼져 있으면 어느 남자가 좋아하니? 화장도 하고 살도 빼고 음식도 맛깔나게 차려 놓고 밤엔 요부처럼 블라블라블라……."

다리 밑에서 주워 왔다는 엄마의 말을 믿기로 했다.

임신부터 출산까지 힘든 시간을 보냈다. 초기에는 전치태반으로 누워 지내다 유산기로 입원하기를 반복하며 임신·출산 대백과에 있던 달 별 증상이란 증상은 죄다 겪었고, 6개월 만에 10kg을 찍은 튼실한 아이 덕분에 디스크도 터졌다. 30분마다 젖 달라 울어대는 통에 젖통을 채우기도 전에 쥐어짜 내야 했다. 제대로 앉아서 수저 뜰 여력도 없이 아이를 업고 안고 생활했다. 오후 6시만 되면 어김없이 울기 시작해 10시가 되면 그쳤다. 등 센서를 장착한 아이를 단 한 번도 누워서 재워본 적이 없다. 태교도 못 하고 불안을 물려준 원죄에 시달리고 있다. 이 힘겨운 시간 속에서 남편은 남의 편이 되어 있었다.

이혼 가정에서 상처받으며 자란 나는, 내 아이에게 그 굴레를 씌우고 싶지 않았다. 신앙의 힘으로 이겨내려고 무던히도 나를 죽였다. 성당 바닥에 무릎이 닳도록 간절히 기도했다. 달리 의지할 데가 없었다. 나를 죽이고 또 죽여서, 죽은 채로 살아보려 했다. 엄마가 행복해야 아이도 행복해진다는 말은 진실이다. 나의 우울과 절망 속에 아이는 퇴행을 겪었다. 얼마나 많은 밤을 자책하며 울부짖었는지 모른다.

정작 그 사람은 몰지각한 작태를 멈추지 않았다. 자신은 하던 대로 할 테니 참고 살 수 있으면 이렇게 살라고 했다. 적반하장도 이런 적반하장이 없었다. 잘못한 사람이 오히려 당당했다. 산후우울증을 진단받고 알리자, 관심종자라고 했다. 연고도 없는 곳에서 홀로 외로웠다. 투쟁하던 생의 불꽃은 점점 사그라들었고 어느 순간 아이를 안은 채 창문을 열고 서 있는 나를 발견했다. 아이는 잘

못이 없다. 아이는 살려야 한다. 그러려면 우선 땅에 발을 디디고 바로 서야 했다. 내가 먼저 살아야 한다.

나는 신을 죽였다. 순종하기를 거부함으로써 비로소 자유로워졌다. 시댁에 모든 사실을 알리고 당신 아들 다시 반납할 테니 데려가시라고 했다. 구구절절한 시간이 지나고 시아버지께서 마지막으로 여기 가서 지혜를 구해 보라며 타로점 잘 보는 곳 명함을 주고 가셨다. 미신으로 치부하던 사주를 봤다. 남편은 평생 저렇게 살 팔자라고 한다. 나는 견딜 자신이 없다. 절이 싫은 중은 떠나기로 한다. 아이와 집을 나왔다. 여태껏 내가 선택했고, 내가 책임지며 살아왔다. 다를 게 없다. 다만 이번엔 내 한 몸이 아닌 둘인지라 조금 더 무거울 뿐이다.

내 인생은 도피로 점철되어 있다. 첫 도피는 일본 유학이었다. 망했다. 두 번째 도피는 결혼이다. 망했다. 세 번째 도피해야 할 시기가 왔다. 이제 그만 도망치자. 도피로부터 탈출하자. 내 삶의 주인으로서 감당해내자.

먼저 나를 알아보기로 한다. 나는 나와 친하지 않았다. 나를 알아가며 해석하는 시간을 가졌다. 조금은 위로도 하면서 사이좋게 지내보기로 한다. 나에겐 텍스트만이 길이요 진리요 생명이다. 롤

모델이 없었던 나는 어린 시절부터 책에서 길을 찾았고 책 속으로 현실도피 하며 숨을 쉬었고, 생명력 넘치는 텍스트가 주는 넥타르를 마시며 살아남았다. 조금씩 아이도 감정의 소용돌이에 파묻히기보다 정면을 응시하기 시작했다. 우리 둘 다 살아남았다. 나는 이제 겨우 한숨을 쉴 수 있게 되었다.

엄마의 딸, 나의 딸

내리사랑은 대를 건너 이루어진다는 말을 들은 적이 있다. 정말 그래 보인다. 직접 부딪히며 키우지 않는 손주에게는 사랑만이 가득할 수밖에. 어린 나는 엄마로부터 지켜지지 못했지만, 어른이 된 나는 엄마로부터 아이를 지킬 수 있게 되었다. 다행이다.

나와 엄마는 이른바 애증의 관계다. 자식 된 도리로서 겨우 장착된 '愛'와 나머지를 채우는 '憎'의 집합 관계. 유대의 교집합은 없다. 우리는 서로를 상극이라 부른다. 식성부터 맞는 게 하나도 없다. 심지어 닮지도 않았다. 엄마는 감정의 기복이 심하고, 뇌를 거치지 않는 듯 입으로 배설한다. 기분이 좋을 때면 하하 호호거리며 돌아다니다가 기분이 나빠지면 이유도 없이 혼을 낸다. 나는 썩 잘 참는 편이고 감정선이 평이하다.

하루는 남들처럼 어버이날 선물을 안 준다고 삐져서 아이 전화도 받지 않았다. 나에게 막 하는 거야 익숙하니 참는다 쳐도, 아이에게 함부로 하는 걸 두고 볼 수는 없었다. 상실과 좌절은 체화되어 무기력을 낳는다. 장문의 문자를 남겼다. 생일을 챙겨 받은 적이 없어 챙겨야 한다는 생각을 못 하고, 어린이날에 뭘 한 기억이 없어 어버이날에 뭘 해야 할지 모르겠다. 나이만 먹었다고 어른이 아니다. 어른답게 행동해라. 대충 그런저런 내용이었다.

돌아온 답변은 이랬다. "내가 안 해 준 게 뭐가 있냐. 호강에 겨워서는 똥을 싸네. 너보다 더 힘들게 사는 사람도 많아." "인정머리라곤 눈곱만큼도 없는 년, 가시나가 애교도 없고 아들을 낳았어야 했다" 등등, 또 욕을 먹었다. 꽤 아주 많이 엄청나게 감정이 식었다. 나는 화를 잘 내지 않는다. 납득하려고 애썼다. '아, 그럴 수도 있구나. 뭘 해달라고 요구하지도, 비굴하게 말 걸지도 않았으니 당신은 모자람이 없었다고 생각할 수도 있겠네.'

입으로 나와 귀로 들어가는 통로가 있다고 다 그 길로 갈 필요는 없다. 엄마의 목구멍은 병목현상이 필요하다. 할 수 있는 일을 했다. 내 귀를 닫았다.

엄마는 자신의 성 정체성을 정성껏 가꾸는 사람이다. 치장하기 좋아하고 '여자'라는 틀 안에서만 사고하며 철저히 이용하며 산다. 지독히도 속물이다. 여성성의 숭배와 혐오를 동시에 해낸다. 나는 장신구에 관심이 없고, 꾸밈에도 재주가 없다. 가끔 사람들이 "아유 딸이 이쁘네" 하며 인사치레를 건네면 시큰둥하다가, "엄마가 꼭 언니 같네" "엄마가 미인이라 딸도 이쁜가 보다"라고 하면 활짝 핀 얼굴로 좋아한다. 세상에는 딸보다 자기가 더 이쁘다고 하는 걸 좋아하는 엄마도 있다. 딸의 신체에 가해진 상처보다 자신의 얼굴에 잠시 나타난 뾰루지를 더 안타까워하는 사람이다. 나는 상처에도 무딘 편이다.

엄마는 늘 반장을 해도, 1등을 해도, 대회에 나가 상을 타와도 흔쾌히 칭찬 한 번 내어준 적이 없었다. 내가 잘했다고 생각할 때도 어김없이 잘못을 먼저 꼬집는다. 잘못했다고 생각할 때는 한술 더 떠 그럴 줄 알았다는 듯이 모자라는 점을 들이댄다. 그러면서 다 나 잘되라고 그러는 거라며 둘러댄다. 나는 감각은 예민하지만, 감정에 민감하지 못하고, 분석과 비판이 앞서는 칭찬에 인색한 사람이 되었다. 내 딸은 다정다감하고 정성을 다해 칭찬할 거리만 찾는 새하얀 아이이다. 하얀 스펀지에 자꾸만 검은 점을 찍어대는 내 모습에 스스로 자괴감이 든다.

아이를 키우면서 엄마를 더 이해할 수 없어졌다. 같은 여자로서 연민이 생겼다가도 사라진다. 엄마가 온 우주인 아이에게 어떻게 그렇게 잔인할 수 있었는지, 도무지 가늠이 가지 않는다. 대학 신입생 시절 처음으로 짧은 치마를 입고, 술 마시고 새벽에 들어간 적이 있다. 현관문 입구 계단에서 자신보다 큰 키의 나를 어쩌지 못해 악다구니를 쓰며 밀치고 넘어뜨렸다. 너무 충격적이라 정확한 표현은 기억나지 않으나 두 단어만은 생생하다. “창녀”, “술집 잡부”. 내가 뭘 그리 잘못했을까. “초빼이 피가 어디 가냐”며 조롱하기에 술도 절대 취할 때까지 마시지 않던 나였거늘. 이왕 욕먹고 맞는 거 정당한 이유라도 듣고 싶다. 나는 아직 모른다. 엄마가 내게 행한 모든 행동의 이유를.

자식의 사랑이 부모의 사랑보다 크다. 내 부모는 내 자식만큼 나를 있는 그대로 받아들이지도, 한없는 신뢰 하지도 않는다. 부모는 내가 마음에 들 때만 사랑한다. 아이는 내가 무엇을 해도 나를 사랑해준다. 나는 요즘 딸에게 배운다. 자식에게서 사랑을 주는 법을 배웠다. 아이는 나를 어른으로 성장시켰고, 더 나은 인간이 되도록 격려해 주었다. 아이를 양육하면서 나도 같이 재양육되고 있다. 이제 아이의 사춘기를 즐거운 마음으로 기다린다. 내 딸의 시원한 그늘이 되어 주기 위해, 속 따가운 엄마를 차단했다.

가행도 加行道 (불교 사도(四道)의 하나. 번뇌를 끊기 위해 수행하는 단계)

가해자에게 서사를 부여해 권력을 주지 않기로 마음먹었다. 분노 없는 용서는 가능하지 않다. 표면적인 평화를 위해 성급한 연민과 이해는 하지 않을 작정이다. 화해는 강요받지 않아야 한다. 이제 막 화를 내기 시작했다. 이제 겨우 소리 내어 울었다. 아직 울분이 가시지 않는다. 조금 더 고함치고 싶다. 아주 천천히 조금씩 감정의 물꼬를 트고, 달콤한 복수를 할 생각이다. 당신들처럼 살지 않음으로써. 대물림의 고리를 끊어, 내가 아이를 피해자로 만들지만 않으면 된다. 딸과 함께 꾸려나가고 있는 새로운 우주가 썩 마음에 든다.

나의 행복을 증명하라고 윽박지르지 마시라. 아이러니하게도 가장 가까운 사람이 가장 해롭다. "난 지금 행복해"라고 말하면, 순순히 "그렇구나, 참 다행이다."라고 토닥여주면 될 것을. "지금 네가 느끼는 평화는 거짓이야, 진정한 행복이 아니야."라며 가스라이팅 선교를 하는 이모, "지금 당장은 편안해도 시간 지나 봐라,

분명 후회할 거다"라며 내 불행을 기원하는 엄마. 부디 저리 꺼져 주시기 바란다. 훠이훠이.

나는 온통 평화를 찾아 헤매는 데 삶을 소비했다. 중학교 2학년, 스스로 성당을 찾아가 신부님께 독대를 청하며 시작된 신에게로의 도피는 신으로부터의 탈출로 자존을 회복시켰다. 아직 내 몸에는 שָׁלוֹם (히브리어, SHALOM)이 새겨져 있지만, 캉디드의 말처럼 지금부터 우리의 정원은 우리가 가꾸어 보기로 다짐한다.

밤바다를 사랑했다. 심란할 때면 모래가 아닌 바위로 경계가 지어진 바닷가 끄트머리를 찾곤 했다. 파도가 부서지는 바위에 꼿꼿이 서면 마치 바다 위에 떠 있는 듯한 기분이 든다. 칠흑 같은 바다에 앉아 달빛과 인사하며 시름을 지평선 너머로 흘려보냈다. 어둠을 동경했다. 슬픔도 아픔도 모두 삼켜버릴 수 있는 권능이 부러웠다. 어둠 속에 파묻히면 너저분한 인생도 숨겨질 줄 알았다. 아이들이 손으로 눈만 가리고 숨바꼭질하듯이.

고독했던 나의 방랑은 너로 인해 안주하였다. 엄마가 되어 비로소 평화를 얻었다. 밤보다는 아침의 활기를, 어둠보다는 빛의 잔잔함을 탐닉하게 되었다. 윤슬을 볼 때면 너의 반짝반짝 미소가 떠오른다. 생기 넘치는 너의 몸짓을 닮은 산의 생동감을 사랑한다.

시린 겨울의 바람보다 뜨거운 여름 햇볕의 소리를 기다린다. 회색 길 사이사이 초록의 푸르름을 만나면 가슴이 두근거린다.

잿빛 수도자 같던 제 삶에 색을 입혀주어 고맙습니다, 따님. 사랑합니다.

기록하는 여자들 두번째

딸들의 역사

발행일 2021년 12월 10일

펴낸곳 빨간집

펴낸이 배은희

글 강수현, 이윤정, 박새들, 안은경, 연이, 이자영, 임봉, 정효진, 허실

디자인 이노그램디자인

일러스트 김수연

전화 070-7309-1947

이메일 rhousebooks@gmail.com

ISBN 979-11-969056-6-8 (03810)